P. Asbjörnsen
J. Moe

Norwegische Volksmärchen
Band I

CLASSIC PAGES

P. Asbjörnsen

J. Moe

Norwegische Volksmärchen

Band I

Reihe: classic pages

1. Auflage 2010 | ISBN: 978-3-86741-257-5

© Europäischer Hochschulverlag GmbH & Co KG

www.classic-pages.de

Vorwort.

Vor funfzig Jahren etwa waren bei vielen ernsthaften, selbst gebildeten Leuten die Mährchen, Erzählungen von Feen und seltsamen Erscheinungen von Gespenstern und Geistern in üblem Ruf. Die Geschichten der Tausend und Einen Nacht genossen bei poetischen Gemüthern einige Achtung, sie waren wenigstens von den Leihbibliotheken nicht ausgeschlossen. Die Erzählungen meiner Mutter Gans waren über ganz Europa verbreitet, doch nur in den Händen der Kinder. Einige Jahre früher hatte unser deutscher Musäus seine humoristischen Volksmährchen fast als stärkendes Mittel in die damals überfluthende weichliche Sentimentalität hineingeworfen, und sie fanden allgemeinen Beifall, den sie auch bis jetzt sich erhalten haben, obgleich das poetische Element dieser alten Volks-Sagen und Dichtungen nicht selten durch Anspielungen auf ganz moderne Dinge und zu prosaische Zustände verfinstert ist. Man rechnete aber diese exotischen Pflanzen und Blumen nicht zur eigentlichen Literatur, und als ich um 1796 meine Versuche in dieser Art herausgab und uralte Geschichten in ein andres Gewand kleidete, wurde ich von vielen meiner Freunde und Wohlwollenden sehr ernsthaft getadelt.

Wie hat sich seitdem diese Gegend der Bücherwelt verwandelt! Eine ganze reiche Literatur dieser Mährchen ist entstanden und aus allen Ländern der Erde zusammengetragen.

Viele von diesen Volks- und Kindermährchen sind durch Tradition und viele Jahre verwandelte und verderbte epische Gedichte, und es ist interessant und rührend überraschend, wenn von Zeit zu Zeit im verschütteten Grunde der alte Baum noch grünend wiedergefunden wird, den gedächtnißlose Jahre in ein unkenntliches Sträußchen zusammengetrocknet haben. Ergeht man sich in diesen Forschungen, so wird unser Sinn endlich verwirrt und schwindelnd, weil bei zu genauer Untersuchung Indien und Frankreich, Deutschland und Italien mit Island und dem Nordpol zusammenfließen. Alle Völker, alle Kinder haben sich von je an größeren und kleineren Mährchen ergötzt, Kinder selbst haben manche erfunden, oder die sie hörten auf ihre Art nachgeahmt, andre, alte und junge Frauen haben diese auf ihre Art wieder umgebildet, und so findet der Suchende jetzt in allen Ländern zum Theil dieselben Sagen wieder, mehr oder minder vom Clima, dem Süden oder Norden gefärbt.

Und so nehme man auch diese Sammlung freundlich auf, diesen nordischen Strauß von Spätblumen und einigen seltsamen Pflanzen. Die interessantesten möchten wohl die Erzählungen sein, die von einem leichten, gutmüthigen Humor angefärbt sind. Wenn Aschenbrödel, Blaubart, und manche ganz allgemein verbreitete Legenden oft und unter mancherlei Gestalten vorkommen, so lasse man sich auch die oft nicht bedeutende Variation gefallen, und bei einfachen, natürlichen Kindern müßten die meisten dieser Geschichten Eingang und eine freundliche Aufnahme finden.

Immer in ähnlicher Gestalt mit zwei bis neun Köpfen erscheint der ungeschlachte, boshafte Riesengeist Troll. Um 1790, als W. v. Schlegel noch in Göttingen lebte, und sehr befreundet war mit unserm deutschen Dichter Bürger, ergingen sich Lehrer und Schüler auch oft in den Wäldern nordischer Poesie. Damals war selbst unter Gelehrten in Dänemark und Schweden nicht viel Kunde von dieser Region, und so bildete sich der poetische Bürger ein, unser deutsches Wort drollig sei von diesem schadenfrohen Nordgeiste abgeleitet, und in diesem Glauben bildete Schlegel nachher in seinem Sommernachtstraum den Kobold Droll, statt des englischen alt-nationalen Puck, welcher freilich ein ganz anderer und mehr komischer Gesell ist, als diese Trollgeister sich zeigen. Schon vor vielen Jahren stritt ich mit Schlegel über diesen (vielleicht unbedeutenden) Punkt, bis denn zu Maria Weber's Oberon ein Engländer selbst seinem Puck ungetreu geworden ist, und diesen neu beförderten Geist Droll singen und sprechen läßt.

Meinen Dank dem kundigen Übersetzer, der mich diese Sagen hat kennen lernen, und dessen Wunsch ich gern genügt habe, ein kleines einleitendes Wort dieser Sammlung vorzusehen.

L. Tieck.

Potsdam in den letzten Tagen des October 1846, unmittelbar nach einer schweren Krankheit.

Inhalt

1. Von Aschenbrödel, welcher die silbernen Enten, die Bettdecke und die goldne Harfe des Trollen stahl.	1
2. Der Gertrudsvogel.	6
3. Der Vogel Dam.	7
4. Die wortschlaue Prinzessinn.	18
5. Der reiche Peter Krämer.	20
6. Aschenbrödel, der mit dem Trollen um die Wette aß.	31
7. Von dem Burschen, der zu dem Nordwind ging und das Mehl zurückforderte.	34
8. Die Jungfrau Maria als Gevatterinn.	37
9. Die drei Prinzessinnen aus Witenland.	41
10. Es giebt noch mehr solche Weiber.	47
11. Einem Jeden gefallen seine Kinder am besten.	52
12. Eine Freiergeschichte.	53
13. Die drei Muhmen.	54
14. Der Sohn der Wittwe.	58
15. Die Tochter des Mannes und die Tochter der Frau.	67
16. Hähnchen und Hühnchen im Nußwald.	76
17. Der Bär und der Fuchs.	79
a) Warum der Bär einen Stumpfschwanz hat.	79
b) Wie der Fuchs den Bären ums Weihnachtsessen prellt.	79
18. Gudbrand vom Berge.	81
19. Kari Trästak.	85
20. Der Fuchs als Hirte.	97
21. Vom Schmied, den der Teufel nicht in die Hölle lassen durfte.	98
22. Der Hahn und die Henne.	104
23. Der Hahn, der Kukuk und der Auerhahn.	105
24. Lillekort.	106
25. Die Puppe im Grase.	119
26. Das Kätzchen auf Dovre.	121

27. Soria-Moria-Schloß.	123
28. Der Herr Peter.	133
29. Aase, das kleine Gänsemädchen.	138
30. Der Bursch und der Teufel.	141
FUSSNOTEN	142

1.
Von Aschenbrödel, welcher die silbernen Enten, die Bettdecke und die goldne Harfe des Trollen stahl.

Es war einmal ein armer Mann, der hatte drei Söhne. Als er starb, wollten die beiden ältesten in die Welt reisen, um ihr Glück zu versuchen; aber den jüngsten wollten sie gar nicht mit haben. »Du da,« sagten sie: »taugst zu nichts Anderm, als in der Asche zu wühlen. Du!« — »So muß ich denn allein gehen,« sagte Aschenbrödel. Die beiden gingen und kamen zu einem Königsschloß; da erhielten sie Dienste, der eine beim Stallmeister, und der andre beim Gärtner. Aschenbrödel ging auch fort und nahm einen großen Backtrog mit, das war das Einzige, was die Ältern hinterlassen hatten, wonach aber die andern beiden nichts fragten; der Trog war zwar schwer zu tragen, aber Aschenbrödel wollte ihn doch nicht stehen lassen. Als er eine Zeitlang gewandert war, kam er ebenfalls zu dem Königsschloß, und dort bat er um einen Dienst. Sie antworteten ihm aber, daß sie ihn nicht brauchen könnten; da er indeß so flehentlich bat, sollte er zuletzt die Erlaubniß haben, in der Küche zu sein und der Köchinn Holz und Wasser zuzutragen. Er war fleißig und flink, und es dauerte nicht lange, so hielten Alle viel von ihm; aber die beiden Andern waren faul, und darum bekamen sie oft Schläge und wenig Lohn und wurden nun neidisch auf Aschenbrödel, da sie sahen, daß es ihm besser ging.

Dem Königsschloß grade gegenüber, an der andern Seite eines Wassers, wohnte ein Troll, der hatte sieben silberne Enten, die auf dem Wasser schwammen, so daß man sie von dem Schloß aus sehen konnte; die hatte sich der König oft gewünscht, und deßhalb sagten die zwei Brüder zu dem Stallmeister: »Wenn unser Bruder wollte, so hat er sich gerühmt, dem König die sieben silbernen Enten verschaffen zu können.« Man kann sich wohl denken, es dauerte nicht lange, so sagte der Stallmeister es dem König. Dieser sagte darauf zu Aschenbrödel: »Deine Brüder sagen, Du könntest mir die silbernen Enten verschaffen, und nun verlange ich es von Dir.« — »Das habe ich weder gedacht, noch gesagt,« antwortete der Bursch. »Du hast es gesagt,« sprach der König: »und darum sollst Du sie mir schaffen.« — »Je nun,« sagte der Bursch: »wenn's denn nicht anders sein kann, so gieb mir nur eine Metze Rocken und eine Metze Weizen; dann will ich's versuchen.« Das bekam er denn auch und schüttete es in den Backtrog, den er von Hause mitgenommen hatte, und damit ruderte er über das Wasser. Als er auf die andre Seite gekommen war, ging er am Ufer auf und ab und streu'te und streu'te, und endlich gelang es ihm, die Enten in den Trog zu locken und nun ruderte er, all was er nur konnte, wieder zurück.

Als er auf die Mitte des Wassers gekommen war, kam der Troll an und ward ihn gewahr. »Bist Du mit meinen sieben silbernen Enten davongereis't, Du?« fragte er. »Ja—a!« sagte der Bursch. »Kommst Du noch öfter, Du?« fragte der Troll. »Kann wohl sein,« sagte der Bursch. — Als nun Aschenbrödel mit den sieben silbernen Enten zurück zu dem König kam, wurde er noch beliebter im Schloß, und der König selbst sagte, es wäre gut gemacht. Aber darüber wurden seine Brüder noch aufgebrachter und noch neidischer auf ihn und verfielen nun darauf, zum Stallmeister zu sagen, jetzt hätte ihr Bruder sich auch gerühmt, dem König die Bettdecke des Trollen mit den silbernen und goldnen Rauten verschaffen zu können, wenn er bloß wolle; und der Stallmeister war auch diesmal nicht faul, es dem König zu berichten. Der König sagte darauf zu dem Burschen, daß seine Brüder gesagt hätten, er habe sich gerühmt, ihm die Bettdecke des Trollen mit den silbernen und goldnen Rauten verschaffen zu können, und nun solle er es auch, oder sonst solle er das Leben verlieren. Aschenbrödel antwortete, das hätte er weder gedacht, noch gesagt; da es aber nichts half, bat er um drei Tage Bedenkzeit. Als die nun um waren, ruderte Aschenbrödel wieder hinüber in dem Backtrog und ging am Ufer auf und ab und lauerte. Endlich sah er, daß sie im Berge die Bettdecke heraushängten, um sie auszulüften; und als sie wieder in den Berg zurückgegangen waren, erschnappte Aschenbrödel die Decke und ruderte damit zurück, so schnell er nur konnte. Als er auf die Mitte gekommen war, kam der Troll an und ward ihn gewahr. »Bist Du es, der mir meine sieben silbernen Enten genommen hat?« rief der Troll. »Ja—a!« sagte der Bursch. »Hast Du nun auch meine silberne Bettdecke mit den silbernen und goldnen Rauten genommen?« — »Ja—a!« sagte der Bursch. »Kommst Du noch öfter, Du?« —

»Kann wohl sein,« sagte der Bursch. Als er nun zurückkam mit der goldnen und silbernen Decke, hielten Alle noch mehr von ihm, denn zuvor, und er ward Bedienter beim König selbst. Darüber wurden die andern Beiden noch mehr erbittert, und um sich zu rächen, sagten sie zum Stallmeister: »Nun hat unser Bruder sich auch gerühmt, dem König die goldne Harfe verschaffen zu können, die der Troll hat, und die von der Beschaffenheit ist, daß Jeder, wenn er auch noch so traurig ist, froh wird, wenn er darauf spielen hört.« Ja, der Stallmeister, der erzählte es gleich wieder dem König, und dieser sagte zu dem Burschen: »Hast Du es gesagt, so sollst Du es auch. Kannst Du es, so sollst Du die Prinzessinn und das halbe Reich haben; kannst Du es aber nicht, so sollst Du das Leben verlieren.« — »Ich habe es weder gedacht, noch gesagt,« antwortete der Bursch: »aber es ist wohl kein andrer Rath, ich muß es nur versuchen; doch sechs Tage will ich Bedenkzeit haben.« Ja, die sollte er haben; aber als sie um waren, mußte er sich aufmachen. Er nahm nun einen Lattenspiker, einen Birkenpflock und einen Lichtstumpf in der Tasche mit, ruderte wieder über das Wasser und ging dort am Ufer auf und ab und lauerte. Als der Troll herauskam, und ihn gewahr ward, fragte er: »Bist Du es, der mir meine sieben silbernen Enten genommen hat?« — »Ja—a!« antwortete der Bursch. »Du bist es, der mir auch meine Decke mit den goldnen und silbernen Rauten genommen hat?« fragte der Troll. »Ja—a!« sagte der Bursch. Da ergriff ihn der Troll und nahm ihn mit sich in den Berg. »Nun, meine Tochter,« sagte er: »nun hab' ich ihn, der mir meine silbernen Enten und meine Bettdecke mit den silbernen und goldnen Rauten gestohlen hat; setz' ihn jetzt in den Maststall, dann wollen wir ihn schlachten und unsre Freunde bitten.« Dazu war die Tochter sogleich bereit, und sie setzte ihn in den Maststall, und da blieb er nun acht Tage lang und bekam das beste Essen und Trinken, das er sich wünschen konnte, und so viel er nur wollte. »Geh nun hin,« sagte der Troll zu seiner Tochter, als die acht Tage um waren: »und schneide ihn in den kleinen Finger, dann werden wir sehen, ob er schon fett ist.« Die Tochter ging sogleich hin. »Halt mal Deinen kleinen Finger her!« sagte sie; aber Aschenbrödel steckte den Lattenspiker heraus, und in den schnitt sie. »Ach nein, er ist noch hart wie Eisen,« sagte die Trolltochter, als sie wieder zu ihrem Vater kam: »noch können wir ihn nicht schlachten.« Nach acht Tagen ging es wieder eben so, nur daß Aschenbrödel jetzt den Birkenpflock heraussteckte. »Ein wenig besser ist er,« sagte die Tochter, als sie wieder zu dem Trollen kam: »aber noch war er hart zu kauen, wie Holz.« Acht Tage darnach sagte der Troll wieder, die Tochter solle hingehen und zusehen, ob er jetzt nicht fett genug wäre. »Halt mal Deinen kleinen Finger her!« sagte die Tochter, als sie zum Maststall gekommen war. Nun hielt Aschenbrödel den Lichtstumpf hin. »Jetzt geht's an,« sagte sie. »Haha!« sagte der Troll: »so reise ich fort, um Gäste zu bitten; inmittlerweile sollst Du ihn schlachten und die eine Hälfte braten und die andre Hälfte kochen.« Als der Troll nun gereis't war, fing die Tochter an, ein großes langes Messer zu schleifen. »Sollst Du mich damit schlachten?« fragte der Bursch. »Ja, Du,« sagte die Trolltochter. »Aber es ist nicht scharf,« sagte der Bursch: »ich muß es Dir nur schleifen, damit Du mich desto leichter ums Leben bringen kannst.« Sie gab ihm nun das Messer, und er fing an zu schleifen und zu wetzen. »Laß es mich jetzt an Deiner Haarflechte probiren,« sagte der Bursch: »ich glaube, es wird nun gut sein.« Das erlaubte sie ihm denn auch; aber sowie Aschenbrödel die Haarflechte ergriff, bog er ihr den Kopf zurück und schnitt ihr den Hals ab — und kochte dann die eine Hälfte und bratete die andere und trug es auf den Tisch. Darauf zog er die Kleider der Trolldirne an und setzte sich in die Ecke hin. Als der Troll mit den Gästen nach Hause kam, bat er die Tochter — denn er glaubte, daß sie es wäre — sie möchte doch auch kommen und mitessen. »Nein,« antwortete der Bursch: »ich will kein Essen haben, ich bin so betrübt.« — »Du weißt ja Rath dafür,« sagte der Troll: »nimm die goldne Harfe und spiele darauf.« — »Ja, wo ist die nun?« sagte der Bursch wieder. »Du weißt es ja wohl, Du hast sie ja zuletzt gebraucht; dort hangt sie ja über der Thür,« sagte der Troll. Der Bursch ließ sich das nicht zweimal sagen; er nahm die Harfe und ging damit aus und ein und spielte; aber wie er so im besten Spielen war, schob er plötzlich den Backtrog hinaus ins Wasser und ruderte damit fort, daß es nur so saus'te. Nach einer Weile däuchte es dem Trollen, die Tochter bliebe gar zu lange draußen, und er ging hin, sich nach ihr umzusehen; da sah er aber den Burschen in dem Trog weit weg auf dem Wasser. »Bist

Du es, der mir meine sieben silbernen Enten genommen hat?« rief der Troll. »Ja!« sagte der Bursch. »Du bist es, der mir auch meine Decke mit den silbernen und goldnen Rauten genommen hat?« — »Ja!« sagte der Bursch. »Hast Du mir nun auch meine goldne Harfe genommen, Du?« schrie der Troll. »Ja, das hab' ich,« sagte der Bursch. »Hab' ich Dich denn nicht gleichwohl verzehrt?« — »Nein, das war Deine Tochter, die Du verzehrtest,« antwortete der Bursch. Als der Troll das hörte, ward er so arg, daß er barst. Da ruderte Aschenbrödel zurück und nahm einen ganzen Haufen Gold und Silber mit, so viel der Trog nur tragen konnte, und als er nun damit zurückkehrte, und auch die goldne Harfe mitbrachte, bekam er die Prinzessinn und das halbe Reich, so wie der König es ihm versprochen hatte. Seinen Brüdern aber that er immer wohl; denn er glaubte, sie hätten nur sein Bestes gewollt mit Dem, was sie gesagt hatten.

2.
Der Gertrudsvogel.

Als unser Herr Christus und St. Petrus noch auf Erden einherwandelten, kamen sie einmal zu einer Frau, die bei ihrem Backtrog stand und den Teig knetete. Sie hieß Gertrud und hatte eine rothe Mütze auf. Da beide den Tag über schon weit gegangen und daher sehr hungrig waren, bat der Herr Christus die Frau um ein Stückchen Brod. Ja, das sollte er haben, sagte sie und nahm ein Stückchen Teig und knetete es aus; aber da ward es so groß, daß es den ganzen Backtrog anfüllte. Nein, das war allzu groß, das konnte er nicht bekommen. Sie nahm nun ein kleineres Stück; aber als sie es ausgeknetet hatte, war es ebenfalls zu groß geworden; das konnte er auch nicht bekommen. Das dritte Mal nahm sie ein ganz ganz kleines Stück; aber auch das Mal ward es wieder zu groß. »Ja, so kann ich Euch Nichts geben,« sagte Gertrud: »Ihr müsst daher ohne Mundschmack wieder fortgehen; denn das Brod wird ja immer zu groß.« Da ereiferte sich der Herr Christus und sprach: »Weil Du ein so schlechtes Herz hast und mir nicht einmal ein Stückchen Brod gönnst, so sollst Du zur Strafe dafür in einen Vogel verwandelt werden und Deine Nahrung zwischen Holz und Rinde suchen, und nicht öfter zu trinken sollst Du haben, als wenn es regnet.« Und kaum hatte er die Worte gesprochen, so war sie zum Gertrudsvogel verwandelt und flog oben zum Schornstein hinaus; und noch den heutigen Tag sieht man sie herumfliegen mit einer rothen Mütze auf dem Kopf und schwarz über dem ganzen Leib; denn der Ruß im Schornstin hatte sie geschwärzt. Sie hackt und bickt beständig in den Bäumen nach Essen und piept immer, wenn es regnen will; denn sie ist beständig durstig.

3.
Der Vogel Dam.

Es war einmal ein König, der hatte zwölf Töchter, und von denen hielt er so viel, daß er sie nie aus den Augen ließ; aber jeden Mittag, wenn der König schlief, gingen die Prinzessinnen spazieren. Einstmals, da der König wieder seinen Mittagsschlummer hielt, und die Prinzessinnen, wie gewöhnlich, spazieren gegangen waren, geschah es, daß sie nicht zurückkehrten, sondern ausblieben. Da entstand große Sorge und Betrübniß im ganzen Land; aber am betrübtesten von Allen war der König. Er sandte Boten aus durch sein ganzes Reich und in viele fremde Länder und ließ sie nachsuchen und ihnen nachläuten mit allen Glocken über das ganze Land; aber die Prinzessinnen waren fort und blieben fort, so daß Niemand wußte, wo sie gestoben oder geflogen waren. Da konnte man denn wohl begreifen, daß sie von irgend einem Trollen entführt sein mußten. Das Gerücht hievon verbreitete sich bald von Stadt zu Stadt, von Land zu Land, und endlich gelangte es auch zu einem König, der in einem Lande weit weit weg wohnte und zwölf Söhne hatte. Als die Söhne von den zwölf Königstöchtern erzählen hörten, baten sie ihren Vater um Erlaubniß, reisen zu dürfen, um die Prinzessinnen aufzusuchen. Der alte König aber wollte anfangs Nichts davon wissen; denn er fürchtete, daß er dann die Söhne niemals wiedersehen möchte; aber die Prinzen fielen ihm zu Füßen und baten ihn so lange, bis er endlich nachgab und sie reisen ließ. Er rüstete nun ein Schiff für sie aus und setzte zum Steuermann über dasselbe den Ritter Röd, der zu Wasser wohl erfahren war. Lange Zeit segelten sie nun umher und forschten in allen Ländern, wohin sie kamen, nach den Prinzessinnen; aber sie entdeckten keine Spur von ihnen. Es fehlten jetzt nur noch wenig Tage, so hatten sie schon sieben Jahre gesegelt. Da entstand eines Tages ein heftiger Sturm und ein solches Unwetter, daß sie glaubten, sie würden nimmer wieder an's Land kommen, und Alle mußten in einem fort arbeiten, so daß kein Schlaf in ihre Augen kam, so lange das böse Wetter anhielt. Aber am dritten Tage legte sich der Sturm, und es ward auf einmal ganz still. Alle waren nun von der Arbeit und dem schlimmen Wetter so müde geworden, daß sie sogleich einschliefen; nur der jüngste Prinz hatte keine Ruhe und konnte nicht schlafen. Während er nun auf dem Verdeck hin- und herging, trieb das Schiff an eine Insel, und auf der Insel lief ein Hündchen am Ufer und bellte und winselte gegen das Schiff an, als ob es hinauf wolle. Der Königssohn pfiff und lockte das Hündchen an sich; aber es konnte nicht zu ihm kommen und bellte und winselte nur um so mehr. Dem Prinzen däuchte, es wäre Sünde, das Hündchen dort umkommen zu lassen, das, wie er glaubte, von einem Schiff sei, welches in dem Sturm untergegangen wäre; aber er wußte nicht, wie er ihm helfen sollte, da er sich nicht im Stande glaubte, das Boot allein auszusetzen; denn alle die Andern schliefen, und er wollte sie nicht gern wegen des Hundes aufwecken. Aber das Wetter war so klar und so still; da dachte er denn, du musst es doch versuchen, ob du das Thierchen nicht retten kannst, und er machte sich daran, das Boot auszusetzen, und es ging damit leichter, als er geglaubt hatte. Er ruderte nun ans Land und ging auf das Hündchen zu; aber so oft er es greifen wollte, sprang es zur Seite und lockte so den Prinzen immer weiter fort, bis dieser, eh' er es gewahr ward, sich in einem großen prächtigen Schlosse befand. Da verwandelte sich das Hündchen plötzlich in eine schöne Prinzessinn. Auf der Bank aber saß ein Mann, so groß und so häßlich, daß der Prinz darüber erschrak. »Du brauchst nicht bange zu sein,« sagte der Mann; — aber der Prinz erschrak noch mehr, als er seine Stimme hörte — »ich weiß wohl, Was Du willst: Es sind Eurer zwölf Prinzen, die suchen die zwölf verloren gegangenen Prinzessinnen. Ich weiß aber wohl, wo sie sind: sie sind bei meinem Herrn; da sitzen sie jede auf ihrem Stuhl und läusen ihn, denn er hat zwölf Köpfe. Nun seid Ihr sieben Jahre lang umhergesegelt, aber Ihr werdet noch sieben Jahre dazu segeln müssen, eh' Ihr sie findet. Was Dich betrifft, so könntest Du gern hier bleiben, und meine Tochter bekommen; aber Du musst erst meinen Herrn tödten, denn er ist sehr strenge gegen uns, so daß wir seiner längst überdrüssig sind; und wenn er todt ist, werde ich König an seiner Stelle. Versuche aber nun, ob Du dieses Schwert zu schwingen vermagst,« sagte der Troll. Der Königssohn wollte ein rostiges Schwert ergreifen, das an der Wand hing, aber er konnte es nicht vom Fleck rühren. »So musst Du Dir einen Schluck aus dieser Flasche nehmen,«

sagte der Troll. Als der Prinz das gethan hatte, konnte er das Schwert von der Wand nehmen, und als er noch einen Schluck genommen hatte, konnte er es aufheben; und als er endlich noch einen Schluck genommen hatte, konnte er es mit solcher Leichtigkeit schwingen, als wär' es sein eignes gewesen. »Wenn Du nun wieder an Bord kommst,« sagte der Trollprinz: »so musst Du das Schwert in Deine Koje verstecken, damit der Ritter Röd es nicht zu sehen bekomt. Er ist zwar nicht im Stande, es zu schwingen, aber er wird Dich dann hassen und Dir nach dem Leben trachten. Wenn sieben Jahre um sind, bis auf drei Tage,« sagte er weiter: »dann wird es wieder eben so gehen, wie jetzt; es kommt dann wieder ein gewaltiges Unwetter mit Sturm und Hagel über Euch, und wenn das vorüber ist, werden Alle müde sein und sich in ihre Kojen legen; Du aber musst dann das Schwert nehmen und ans Land rudern; alsdann gelangst Du zu einem Schloß, wo lauter Wölfe, Bären und Löwen als Schildwachen stehen; aber Du brauchst Dich nicht vor ihnen zu fürchten, denn sie werden Dir alle zu Füßen kriechen. Sobald Du darauf in das Schloß gekommen bist, siehst Du den Räuber in einem prächtig geschmückten Zimmer sitzen; aber zwölf Köpfe hat er, und die Prinzessinnen sitzen jede auf ihrem Stuhl und läusen ihn, und da kannst Du Dir wohl vorstellen, daß ihnen solche Arbeit nicht gefällt. Darnach musst Du Dich beeilen und ihm den einen Kopf nach dem andern abhauen, eh' er aufwacht; denn geschieht das, so frisst er Dich lebendig auf.« Der Königssohn ging nun mit dem Schwert wieder an Bord und vergaß nicht, Was ihm der Troll gesagt hatte. Die Andern lagen noch alle und schliefen; er aber versteckte das Schwert in seine Koje, so daß weder der Ritter Röd, noch sonst Jemand von ihnen es bemerkte. Nun fing es wieder an zu wehen; da weckte der Prinz die Andern auf und sagte, es könne nicht angehen, daß sie noch länger da lägen und schliefen, da sie jetzt einen so guten Wind bekommen hätten. Niemand von ihnen hatte bemerkt, daß er weg gewesen war. — Die Zeit verstrich allmählich, und der Prinz dachte immer an das Abenteuer, das er bestehen sollte, zweifelte aber an dem glücklichen Ausgang. Als nun die sieben Jahre bis auf drei Tage um waren, geschah es ganz, wie der Trollprinz ihm gesagt hatte. Es entstand ein heftiges Unwetter, das hielt drei Tage lang an, und als das vorüber war, wurden Alle von der anstrengenden Arbeit müde und legten sich in ihren Kojen schlafen. Der jüngste Königssohn aber ruderte ans Land, und die Wachen krochen ihm zu Füßen, und so gelangte er ins Schloß. In einem der Zimmer saß der König und schlief, wie ihm der Trollprinz gesagt hatte, und die zwölf Prinzessinnen saßen jede auf ihrem Stuhl und läus'ten jede ihren Kopf. Der Königssohn winkte den Prinzessinnen, daß sie sich entfernen sollten; sie zeigten aber auf den Trollen und winkten ihm wieder, er solle schnell fortgehen; der Königssohn aber gab ihnen durch Mienen und Geberden zu verstehen, daß er sie befreien wolle; endlich merkten sie denn seine Absicht und entfernten sich leise eine nach der andern. Nun sprang der Prinz schnell hinzu und hieb dem Trollkönig die zwölf Köpfe ab, so daß das Blut wie ein großer Bach strömte. Als der Troll getödtet war, ruderte der Prinz wieder nach dem Schiff zurück und verbarg das Schwert. Es däuchte ihm, daß er jetzt Genug gethan hätte, und da er den Leichnam nicht allein aus dem Schloß schaffen konnte, so wollte er daß die Andern ihm helfen sollten. Er weckte sie daher auf und sagte, es wäre eine Schande, daß sie da liegen sollten und schlafen, während er die Prinzessinnen gefunden und sie von dem Trollen befrei't hätte. Da lachten die Andern über ihn und sagten, er hätte wohl eben so gut geschlafen, als sie alle, und es hätte ihm bloß geträumt, daß er ein solcher Held wäre; denn wenn irgend Jemand die Prinzessinnen sollte befrei't haben, so wäre es doch weit wahrscheinlicher, daß einer von ihnen es gethan hätte, als er. Aber der Königssohn erzählte ihnen, wie sich Alles zugetragen hatte, und als sie ans Land fuhren und zuerst den Blutbach erblickten und darnach das Schloß und den Trollen und die zwölf Köpfe und die Prinzessinnen, da sahen sie wohl, daß er die Wahrheit geredet, und halfen ihm nun die Köpfe und den ganzen Rumpf in die See werfen. Alle waren nun fröhlich und guter Dinge; aber Keiner war froher, als die Prinzessinnen, die nun nicht mehr nöthig hatten, den ganzen Tag über da zu sitzen und den Trollen zu läusen. Von all dem Gold und Silber und dem kostbaren Geräth, das sich im Schlosse vorfand, nahmen sie so viel mit, als das Schiff nur tragen konnte. Darauf gingen Alle an Bord, die Prinzen mit sammt den Prinzessinnen. Als sie aber eine Strecke weit in die See hinausgekommen waren, sagten die Prinzessinnen, daß sie in der Freude ihre goldnen Kronen vergessen hätten, die in einem Schrank auf dem Schlosse lägen, und die wollten sie doch gern mithaben. Da nun Keiner von den Übrigen sie holen wollte, sagte der jüngste Königssohn: »Hab' ich schon so Viel gewagt, so kann ich auch wohl die goldnen Kronen holen, wenn Ihr nur die Segel herablassen und so lange warten wollt, bis ich wiederkomme.« Ja, das wollten sie, sie wollten die Segel herablassen und so lange warten, bis er wiederkäme. Als aber der Prinz so weit von dem Schiff ab war, daß sie ihn nicht mehr sehen konnten, sagte der Ritter Röd, der gern selber der Vornehmste sein und die jüngste Prinzessinn haben wollte, es könne nichts nützen, daß sie da still lägen und auf ihn warteten; denn das könnten sie sich wohl denken, daß er doch nicht zurückkehren würde; sie wüßten überdies, sagte er, daß der König ihm (dem Ritter Röd) die Vollmacht gegeben hätte, zu segeln wann und wohin er wolle, und nun sollten sie sagen, er sei es, der die Prinzessinnen befrei't hätte, und wenn Jemand anders sagte, dann solle er das Leben verlieren. Die Prinzen wagten nicht, anders zu thun, als der Ritter Röd ihnen befohlen hatte, und sie segelten nun weiter. Inmittlerweile ruderte der jüngste Königssohn ans Land und ging auf das Schloß, wo er auch sogleich den Schrank mit den goldnen Kronen fand; und er müh'te sich so lange ab, bis es ihm gelang, denselben ins Boot zu schaffen. Als er nun aber in die See hinausgekommen war, konnte er nirgends das Schiff erblicken. Er sah sich um nach allen Seiten; aber von dem Schiff war keine Spur zu sehen; da merkte er denn wohl, wie es zugegangen war. Ihnen nachzurudern konnte nichts helfen, und er mußte daher umkehren und ans Land zurückrudern. Er fürchtete sich zwar, die Nacht allein im Schlosse zuzubringen, aber es war nun einmal kein andrer Rath. Er faßte daher Muth, verschloß alle Thüren und Pforten und legte sich in einem Zimmer, wo ein aufgemachtes Bett stand, schlafen. Aber angst und bange war er, und er ward es noch mehr, als es nach einer Weile anfing, oben im Dach und in den Wänden zu knacken und zu krachen, als ob das ganze Schloß bersten wollte. Auf einmal raschelte es neben sein Bett nieder wie ein ganzes Fuder Heu. Bald darauf aber hörte er eine Stimme, die rief ihm zu, er solle sich nicht fürchten.

»Der Vogel Dam ist hier, »Wo Du nicht kannst, da hilft er Dir,«

sprach die Stimme, und dann sagte sie: »Wenn Du morgen aufwachst, musst Du sogleich aufs Stabur[1] gehen und vier Tonnen Rocken für mich zum Frühstück holen; die muß ich erst zu Leibe haben, denn sonst kann ich Nichts für Dich thun.« — Als der Prinz am andern Morgen aufwachte, erblickte er neben seinem Bett einen entsetzlich großen Vogel, der hatte eine Feder im Nacken, die war so groß wie eine halb ausgewachsene Tanne. Der Königssohn ging nun aufs Stabur und holte vier Tonnen Rocken für den Vogel Dam. Als dieser sein Frühstück zu Leibe hatte, sagte er zu dem Königssohn, er solle ihm nun den Schrank mit den goldnen Kronen an der einen Seite um den Hals hängen und so viel Gold und Silber nehmen, daß es den Schrank aufwöge, und es ihm an der andern Seite um den Hals hängen, und dann solle er sich ihm auf den Rücken setzen und sich nur gut an der Nackenfeder fest halten. Als der Prinz das gethan hatte, ging es in einem Sausen fort durch die Luft, und es dauerte nicht lange, so waren sie über dem Schiff. Der Königssohn wollte gern an Bord, um das Schwert zu holen, das, wie der Troll ihm gesagt hatte, die Andern nicht sehen dürften; aber der Vogel Dam sagte zu ihm, das könne nicht angehen; »der Ritter Röd wird es nicht zu sehen bekommen,« sagte er: »kommst Du aber an Bord, so trachtet er Dir nach dem Leben, denn er will gern die jüngste Prinzessinn haben; aber für die kannst Du ganz ruhig sein, denn sie legt jede Nacht ein bloßes Schwert vor sich ins Bett.« — Endlich und zuletzt kamen sie bei dem Trollprinzen an, und da wurde nun der Königssohn so wohl aufgenommen, daß es gar nicht zu sagen ist. Der Trollprinz wußte nicht, Was er ihm all für Gutes erzeigen sollte, weil er seinen Herrn getödtet und ihn zum König gemacht hatte. Er hätte dem Königssohn gern seine Tochter und das halbe Reich dazu gegeben; aber der war nun einmal so in die jüngste von den Prinzessinnen verliebt, daß er nur an sie dachte und durchaus wieder fort wollte. Aber der Troll bat ihn, sich noch eine Zeitlang zu gedulden und sagte, daß die Andern beinahe noch sieben Jahre zu segeln hätten, ehe sie wieder nach Hause kämen. Von der Prinzessinn sagte der Troll Dasselbe, was der Vogel Dam gesagt hatte: »Für die,« sagte er: »kannst Du ganz ruhig sein; denn sie legt immer ein bloßes Schwert vor sich ins Bett. Und wenn Du mir nicht glauben willst, so kannst Du an Bord gehen, wenn sie hier vorüber segeln, und Dich selbst davon überzeugen und mir dann zugleich das Schwert wiederbringen; denn wiederhaben muß ich es durchaus.« — Als nun nach sieben Jahren die Andern dort vorübersegelten, war es vorher wieder ein heftiges Unwetter gewesen; und wie der Königssohn an Bord kam, schliefen sie alle insgesammt, und jede der Prinzessinnen schlief bei ihrem Prinzen, nur die jüngste Prinzessinn schlief allein mit einem bloßen Schwert vor sich im Bette, und auf dem Boden vor dem Bette schlief der Ritter Röd. Der Königssohn nahm nun das Schwert und ruderte wieder ans Land, ohne daß Jemand es bemerkt hatte, daß er an Bord gewesen war. — Der Prinz war indeß beständig unruhig und wollte immer wieder fort; und als endlich die sieben Jahre zu Ende gingen und nur noch drei Wochen fehlten, sagte der Trollkönig zu ihm: »Nun kannst Du Dich zur Reise fertig machen, da Du doch einmal nicht bei uns bleiben willst. Ich will Dir ein eisernes Boot leihen, das geht von selbst auf dem Wasser, wenn Du bloß sagst: »Boot, geh vorwärts!« Im Boote liegt ein eiserner Kloben, und den Kloben sollst Du ein wenig in die Höhe heben, wenn Du das Schiff grade vor Dir siehst; dann bekommen sie einen solchen Fahrwind, daß sie vergessen, sich nach Dir umzusehen. Wenn Du dann neben das Schiff kommst, sollst Du den Kloben noch einmal aufheben; alsdann wird es ein solcher Sturm, daß sie wohl etwas Anders zu thun bekommen, als nach Dir auszugucken. Und wenn Du an ihnen nun vorbei gekommen bist, sollst Du den Kloben zum dritten Mal in die Höhe heben; aber Du musst ihn immer wieder vorsichtig niederlegen, denn sonst wird es ein solches Wetter, daß sowohl Du, als die Andern darin umkommen. Sobald Du nachher ans Land gekommen bist brauchst Du Dich nicht weiter um das Boot zu bekümmern, sondern schieb' es dann nur umgewendet in die See und sprich: »Boot, geh wieder nach Hause!« — Als der Prinz nun abreis'te, bekam er so viel Gold und Silber und andre Kostbarkeiten und Kleider und Leinenzeug mit, das die Prinzessinn während der langen Zeit, die er auf der Insel zugebracht, für ihn genäh't hatte, so daß er viel reicher war, als irgend einer von seinen Brüdern. Kaum hatte er sich nun ins Boot gesetzt und gesagt: »Boot, geh vorwärts!« so ging das Boot fort. Und als er das Schiff grade vor sich erblickte, hob er den Kloben ein wenig in die Höhe; da bekamen sie einen solchen Fahrwind, daß sie vergaßen, sich nach ihm umzusehen. Als er darauf neben das Schiff kam, hob er den Kloben noch einmal in die Höhe, und da ward es ein solcher Sturm und ein solches Wetter, daß der weiße Schaum rund um das Schiff stand, und die Wellen über das Verdeck hinschlugen, so daß sie etwas Anders zu thun bekamen, als nach ihm auszugucken. Und als er ihnen nun vorbeigekommen war, hob er den Kloben zum dritten Mal auf, und da bekamen sie so reichlich zu thun, daß sie gar keine Zeit hatten, sich nach ihm umzusehen. Er kam weit, weit früher ans Land, als das Schiff; und als er all seine Sachen aus dem Boot geschafft hatte, kehrte er es um, schob es hinaus in die See und sprach: »Boot, geh wieder nach Hause!« und da ging das Boot wieder fort.

Der Königssohn kleidete sich nun als ein Seemann aus — ob der Trollkönig ihm das gerathen hatte, oder ob es seine eigne Erfindung war, das muß ich ungesagt lassen — und begab sich nach einer armseligen Hütte zu einer alten Frau, zu der sagte er, er wäre ein armer Matrose, der auf einem Schiff gewesen, das untergegangen sei, und er wäre der Einzige von der ganzen Mannschaft, der sich gerettet hätte, und dann bat er sie, ihn nebst den Sachen, die er geborgen, bei sich beherbergen zu wollen. »Ach, Gott helf mir!« sagte die Frau: »ich kann Niemandem Herberge geben. Ihr seht wohl, wie es hier beschaffen ist; ich habe nicht einmal Betten, worauf ich selbst liegen kann, viel weniger noch für Andre.« Ja, das wäre einerlei, sagte der Seemann, wenn er bloß ein Dach über dem Kopf hätte, dann wär's ihm ganz gleich, wie er läge. Ein Obdach konnte sie ihm denn nicht versagen, wenn er so damit fürlieb nehmen wolle, wie sie's hätte. — Am Abend brachte der Seemann seine Sachen in die Hütte, und sogleich begann die Alte, die gern etwas Neues zu erzählen haben wollte, zu fragen, was für Einer er wäre, wo er wohl her sei, wo er gewesen, und wo er hin wolle, was das für Sachen wären, die er bei sich hätte, in welchem Geschäft er reis'te, und ob er Nichts von den zwölf Prinzessinnen gehört hätte, die vor vielen lieben Jahren verschwunden wären, und dergleichen mehr, so daß es zu weitläufig sein würde, es alles zu erzählen. Der Seemann sagte aber, er befände sich so schlecht und hätte solche Kopfschmerzen von dem entsetzlichen Wetter, das da regiert hätte, daß er sich auf keine Sache recht besinnen könne; sie möchte ihm nur noch einige Tage Ruhe lassen, bis er sich von der schweren Arbeit, die er während des schlimmen Wetters gehabt, etwas erholt hätte, dann solle sie nachher schon Alles erfahren. Den andern Tag begann die Frau aufs neue zu fragen und ihn auszuforschen; aber der Seemann hatte noch solche Kopfschmerzen von dem bösen Wetter, daß er sich auf keine Sache recht besinnen konnte; doch ließ er so von ungefähr ein Wort fallen, als wüßte er wohl Etwas von den Prinzessinnen. Sogleich lief die Alte mit dieser Neuigkeit fort zu all den Klatschweibern rund umher, und nun kam die eine nach der andern gerannt und fragte nach den Prinzessinnen, ob der Seemann sie gesehen hätte, ob sie bald kämen, ob sie schon auf der Reise wären u. s. w. Der Seemann aber hatte immer noch Kopfschmerzen von dem bösen Wetter, so daß er nicht auf Alles Bescheid geben konnte; aber so Viel sagte er doch, daß wenn die Prinzessinnen nicht Schiffbruch gelitten hätten in dem heftigen Sturm, sie dann wohl um vierzehn Tage, oder vielleicht noch etwas früher, ankommen würden; er könne aber, fügte er hinzu: nicht mit Gewißheit sagen, ob sie noch am Leben wären; er hätte sie zwar gesehen, sie könnten aber wohl nachher in dem bösen Wetter umgekommen sein. Sogleich lief eins von den Klatschweibern zu dem Königsschloß und erzählte dort, es wäre in der Hütte bei der und der Frau ein Seemann, der hätte die Prinzessinnen gesehen und hätte gesagt, sie würden wohl um vierzehn Tage, oder vielleicht noch etwas früher, ankommen. Als der König das hörte, schickte er sogleich zu dem Seemann und ließ ihm sagen, daß er zu ihm kommen und ihm die Sache selbst berichten solle. Der Matrose sagte: »Ich habe nicht solche Kleider und sehe nicht so aus, daß ich zu dem König gehen kann.« Der Bote aber sagte, er solle nur kommen, der König wolle und müsse ihn sprechen, einerlei, er möge nun so, oder so aussehen; denn es wäre noch Niemand da gewesen, der Nachrichten von den Prinzessinnen hätte bringen können. Da ging denn der Seemann endlich zu dem Schloß und trat zu dem König ein; der fragte ihn, ob es wahr wäre, daß er die Prinzessinnen gesehen. »Ja, das ist wahr,« sagte der Seemann: »aber ich weiß nicht, ob sie noch am Leben sind; denn als ich sie sah, war es ein solches Unwetter, daß wir Schiffbruch litten. Wenn sie aber damals nicht untergegangen sind, so mögen sie wohl um vierzehn Tage, oder vielleicht noch etwas früher, kommen.«

Als der König das hörte, war er beinahe außer sich vor Freuden; und als es nun um die Zeit war, daß die Prinzessinnen, wie der Seemann gesagt hatte, kommen sollten, zog der König ihnen in vollem Staat entgegen an den Strand — und groß war die Freude über das ganze Land, als endlich das Schiff mit den Prinzessinnen und den Prinzen und dem Ritter Röd ankam. Die elf ältesten Prinzessinnen waren fröhlich und guter Dinge; aber die jüngste, die den Ritter Röd haben sollte, welcher sagte, daß er es sei, der die Prinzessinnen befrei't und den Trollen getödtet hätte, war immer traurig und weinte unaufhörlich. Dem König wollte das gar nicht behagen, und er fragte sie daher, warum sie nicht auch so munter und vergnügt wäre, wie die andern Prinzessinnen; sie hätte doch, meinte er, keine Ursache, betrübt zu sein, da sie nun von dem Trollen befrei't wäre und einen Mann zum Gemahl haben solle, wie der Ritter Röd sei. Sie durfte aber Nichts sagen; denn der Ritter Röd hatte ja gedroh't, wenn Einer erzählen würde, wie sich Alles wirklich zugetragen, dann wolle er ihn ums Leben bringen.

Als nun die Prinzessinnen eines Tages an ihrem Brautputz näh'ten, trat plötzlich Jemand in einer großen Matrosenjacke und mit einem Tabuletkasten auf dem Rücken zu ihnen ein und fragte, ob sie ihm keine Schmucksachen zu ihrer Hochzeit abkaufen wollten, er hätte, sagte er, außerordentlich seltne und kostbare Dinge von Gold und auch von Silber. — Ja, das könnte wohl möglich sein. Sie sahen die Waaren an, und sie sahen ihn an; denn es wollte sie bedünken, sie sollten ihn und auch manche von den Sachen kennen, die er hatte. »Der so viel prächtige Schmucksachen hat,« sagte endlich die jüngste Prinzessinn: »könnte auch wohl Etwas haben, das noch prächtiger und für uns noch passender wäre.« — »Das wäre wohl möglich,« sagte der Krämer. Aber die andern tuschten sie und sagten, sie möchte doch bedenken, womit der Ritter Röd ihnen gedroht hätte. — Einige Zeit darnach, als die Prinzessinnen eines Tages vor dem

Fenster saßen, kam der Königssohn wieder in seiner großen Matrosenjacke und trug auf dem Rücken den Schrank mit den goldnen Kronen. Als er in den Schloßsaal eingetreten war, machte er den Schrank auf, und da nun die Prinzessinnen jede ihre goldne Krone wieder erkannten, sagte die jüngste: »Mir däucht, es ist billig und recht, daß Der, welcher uns befrei't hat, den Lohn erhalte, der ihm zukommt, und das ist nicht der Ritter Röd, sondern Der, welcher unsre goldnen Kronen brachte — der hat uns befrei't.« Da warf der Königssohn die Matrosenjacke ab und stand nun da weit stattlicher, als alle die Andern; und darauf ließ der König den Ritter Röd sogleich ums Leben bringen. Nun war die Freude erst recht groß im Königsschloß; und jeder Prinz nahm seine Prinzessinn und hielt mit ihr Hochzeit, so daß man sich in zwölf Königreichen davon zu erzählen hatte.

4.
Die wortschlaue Prinzessinn.

Es war einmal ein König, der hatte eine Tochter, die war so schlau und spitzfindig in Worten, daß Keiner sie zum Schweigen bringen konnte. Da setzte der König einen Preis aus und ließ bekannt machen, daß Der, welcher es könnte, die Prinzessinn und das halbe Reich haben sollte. Drei Brüder, welche dies hörten, beschlossen, ihr Glück zu versuchen. Zuerst machten sich die beiden ältesten auf, die sich am klügsten dünkten; aber sie konnten Nichts bei der Prinzessinn ausrichten und mußten noch dazu mit blauer Haut wieder abziehen. Darnach machte sich Aschenbrödel auch auf. Als er eine Strecke weit gegangen war, fand er am Wege ein Weidenreis, das nahm er auf. Eine Strecke weiter fand er eine Scherbe von einer alten Schüssel, die nahm er auch auf. Als er noch etwas weiter gegangen war, fand er einen todten Staar, und etwas darnach ein krummes Bockshorn; ein wenig später fand er noch ein krummes Bockshorn, und als er über das Feld zum Königshof gehen wollte, wo Dünger ausgestreu't lag, fand er darunter eine ausgegangene Schuhsohle. Alle diese Dinge nahm er mit sich zum Königsschloß, und damit trat er zu der Prinzessinn ein. »Guten Tag!« sagte er. »Guten Tag!« sagte sie und verzog das Gesicht. »Kann ich nicht meinen Staar gebraten kriegen?« fragte er. »Ich bin bange, er birstet,« antwortete die Prinzessinn. »O, das hat keine Noth, ich binde dieses Weidenreis um,« sagte der Bursch und nahm das Reis hervor. »Aber das Fett läuft heraus,« sagte die Prinzessinn. »Ich halte dies unter,« sagte der Bursch und zeigte ihr die Scherbe von der Schüssel. »Du machst es mir so krumm, Du!« sagte die Prinzessinn. »Ich mach es nicht krumm, sondern es ist schon krumm,« sagte der Bursch und nahm das eine Horn hervor. »Nein, etwas Ähnliches hab' ich noch mein Lebtag nicht gesehn!« rief die Prinzessinn. »Hier siehst Du was Ähnliches,« sagte der Bursch und nahm das andre Bockshorn hervor. »Ich glaube, Du bist ausgegangen, um mich zum Schweigen zu bringen,« sagte die Prinzessinn. »Nein, ich bin nicht ausgegangen, aber diese hier ist ausgegangen,« sagte der Bursch und zeigte ihr die Schuhsohle. Hierauf wußte die Prinzessinn Nichts mehr zu antworten. »Nun bist Du mein!« sagte der

Bursch, und darauf erhielt er die Prinzessinn und das halbe Königreich.

5.
Der reiche Peter Krämer.

Es war einmal ein Mann, den nannten die Leute den reichen Peter Krämer, weil er ehedem mit Kram im Lande umhergefahren und viel Geld verdient hatte, so daß er nun ein reicher Mann geworden war. Dieser reiche Peter Krämer hatte eine Tochter, die hielt er so kostbar, daß er alle Freier, die sich um sie bewarben, abwies; denn es schien ihm kein Einziger gut genug für sie. Weil es nun so mit allen ging, kamen endlich gar keine mehr, und da nun die Jahre herankamen, befürchtete Peter, das Mädchen möchte zuletzt sitzen bleiben. »Es wundert mich,« sprach er zu seiner Frau: »daß gar keine Freier mehr zu unsrer Tochter kommen, die doch so reich ist. Das müßte sonderbar zugehen, wenn sich nicht Einer finden sollte, der sie haben wollte; denn Geld hat sie, und noch mehr bekommt sie. Ich glaube, ich muß mal zu den Sternguckern reisen und die fragen, Wen sie haben soll; denn es kommt hier ja Niemand.« — »Wie können die Sterngucker Dir das sagen?« fragte die Frau. »O, das lesen sie alles in den Sternen,« sagte der reiche Peter. Er steckte nun viel Geld zu sich und reis'te damit zu den Sternguckern und bat sie, ihm doch den Gefallen zu thun und nach den Sternen zu gucken, und ihm dann zu sagen, was seine Tochter für einen Mann haben solle. Die Sterngucker sahen nach den Sternen, aber sie sagten, daß sie Nichts sehen könnten. Peter bat sie, noch besser zuzusehen und es ihm ja zu sagen; er wolle ihnen auch viel Geld geben, sagte er. Die Sterngucker sahen nun besser zu, und darauf sagten sie, seine Tochter solle das Müllerkind heirathen, das eben jetzt in der Mühle, die gleich unten bei des reichen Peters Gehöft läge, zur Welt gekommen sei. Peter meinte, es wäre gar zu ungereimt, daß seine Tochter Einen zum Mann haben solle, der eben erst zur Welt gekommen sei, und noch dazu einen so geringen Mann. Das sagte er auch zu seiner Frau und fügte hinzu: »Es müßte sonderbar zugehen, wenn sie mir den Buben nicht verkaufen wollten; alsdann aber wollen wir ihn schon quitt werden.« — »Ja, das mein' ich auch,« sagte die Frau: »es sind ja nur arme Leute.« Peter Krämer ging nun zur Mühle und fragte die Müllerfrau, ob sie ihm nicht ihren Sohn verkaufen wolle, sie sollte viel Geld dafür haben.

Nein, das wollte sie durchaus nicht. »Ich weiß nicht, warum Du das nicht willst,« sagte Peter Krämer: »es ist ja nur die liebe Armuth bei Euch zu Hause, und der Bube, denk' ich, wird sie Euch nicht leichter machen.« Aber sie hielt so viel von dem Jungen, daß sie ihn nicht missen wollte. Als darauf der Müller eintrat, sagte Peter zu ihm dasselbe und versprach ihm sechshundert Thaler für den Buben; dafür könnten sie sich ein Gehöft kaufen, sagte er, und hätten dann nicht mehr nöthig, für die Leute zu mahlen und zu hungern, wenn sie kein Mahlwasser hätten. Das däuchte dem Müller nicht übel, und er sprach mit seiner Frau darüber, und endlich bekam denn der reiche Peter den Buben. Die Mutter weinte zwar und geberdete sich übel; aber Peter tröstete sie und sagte, daß er gut für den Burschen sorgen würde; nur mußten sie ihm versprechen, daß sie niemals nach ihm fragen wollten; denn er wollte ihn weit weg in andre Länder schicken, damit er fremde Sprachen lerne, sagte er. — Als Peter mit dem Buben nach Hause kam, ließ er einen Kasten verfertigen, den verklebte er inwendig mit Pech, legte den Müllerbuben hinein, dreh'te den Schlüssel einmal herum und schob dann den Kasten hinaus in den Fluß, so daß er mit dem Strom davon trieb. Nun bin ich ihn quitt, dachte Peter Krämer. Als aber der Kasten auf dem Fluß weit weggetrieben war, kam er zuletzt zu dem Wasser einer andern Mühle und gerieth ins Mühlrad, so daß die Mühle davon stehen blieb. Der Müller ging hin und wollte zusehen, Was die Ursache davon war, und da fand er denn den Kasten und trug ihn ins Haus. »Ich bin doch neugierig, Was wohl in diesem Kasten sein mag,« sagte er zu seiner Frau: »der ist ins Mühlrad gerathen und hat mir die Mühle gestopft.« — »Nun, das können wir bald erfahren,« sagte die Frau: »der Schlüssel steckt ja drin; mach nur das Schloß auf.« Als sie nun den Kasten öffneten, lag darin das schönste Kind, das man nur sehen kann, und sie waren beide so erfreu't darüber und wollten den Buben als ihr eigenes Kind behalten; denn selbst hatten sie keine Kinder und waren auch schon in den Jahren, daß sie keine mehr bekommen konnten. — Als nun eine Zeit vergangen war, wunderte Peter Krämer sich wieder, daß sich gar keine Freier zu seiner Tochter einfinden wollten, die doch so reich wäre und so viel Geld hätte. Aber es zeigte sich keiner; und Peter reis'te darum wieder zu den Sternguckern und bot ihnen Geld über

Geld, wenn sie ihm bloß sagen wollten, Wen seine Tochter zum Mann haben solle. »Wir haben es Dir ja gesagt, daß sie den Müllerbuben haben soll,« antworteten die Sterngucker. »Ja, das ist recht gut,« sagte Peter Krämer: »aber der ist nun gestorben, und wenn Ihr mir darum sagen wolltet, Wen meine Tochter jetzt zum Mann haben soll, dann wollt' ich Euch gern zweihundert Thaler geben.« Die Sterngucker sahen nun wieder nach den Sternen; aber da wurden sie ganz zornig und sprachen: »Sie soll gleichwohl den Müllerbuben haben, den Du in den Fluß ausgesetzt hast, um ihn zu tödten; denn er lebt noch und ist in der Mühle da und da.« Peter Krämer gab ihnen die zweihundert Thaler und dachte jetzt nur darauf, wie er es anfangen solle, um den Müllerbuben los zu werden. Das Erste, was er that, als er nach Hause kam, war, daß er zur Mühle ging. Da war der Bube schon so groß, daß er eingesegnet war und in der Mühle mithalf, und ein schmucker Bursch war er geworden. »Könntest Du mir nicht den Burschen überlassen, Du?« sagte Peter Krämer zu dem Müller. »Nein,« antwortete der Müller: »ich habe ihn als mein eignes Kind erzogen, und er ist so gut in die Art geschlagen, daß ich nun Hülfe und Nutzen von ihm in der Mühle haben kann; denn selbst werd' ich nach gerade schon alt und hinfällig.« — »Ja, so geht's mir auch,« sagte Peter Krämer: »und darum wollt' ich gern Einen haben, den ich zum Handel anlehren könnte. Wenn Du ihn mir daher überlassen willst, so will ich Dir gern sechshundert Thaler geben; dann kannst Du Dir ein Gehöft kaufen und in Deinen alten Tagen ruhig und in Frieden leben.« Ja, als der Müller das hörte, gab er dem Peter Krämer gleich den Burschen. Nun reis'ten beide weit umher mit Kram und handelten, bis sie einst zu einem Gehöft kamen, das dicht an einem Walde lag. Von hier aus schickte Peter den Burschen nach Hause mit einem Brief an seine Frau — denn wenn man den Richtweg durch den Wald ging, war es nicht so gar weit — und sagte zu ihm, er solle seine Frau von ihm grüßen und ihr sagen, sie solle so bald als möglich thun, Was in dem Brief stände. In dem Brief aber stand, sie solle augenblicklich einen Holzstoß errichten und den Müllerburschen darauf verbrennen, und wenn sie das nicht thäte, so solle sie selbst lebendig verbrannt werden. Mit diesem Brief ging der Bursch fort durch den Wald. Gegen Abend kam er zu einem Hause tief im

Dickicht, und da ging er hinein; doch in dem Hause war kein Mensch zu sehen noch zu hören. In einem der Zimmer aber fand der Bursch ein aufgemachtes Bett, und auf das legte er sich quer hin. Den Brief hatte er an seinen Hut befestigt, und der Hut lag auf seinem Gesicht. Als die Räuber nach Hause kamen — denn das Haus gehörte zwölf Räubern — und den Burschen auf dem Bett liegen sahen, waren sie neugierig, was das für Einer wäre, und einer von ihnen nahm den Brief, brach ihn auf und las ihn. »Ha! ha!« sagte er: »der ist von dem Peter Krämer; aber nun wollen wir ihm einen Streich spielen; denn es wäre doch Jammer und Schade, wenn das alte Weibsstück einen so jungen wackern Burschen ums Leben bringen sollte.« Sie schrieben nun einen andern Brief an Peter Krämers Frau und befestigten ihn an den Hut, während der Bursch schlief, und in dem Brief hatten sie geschrieben, die Frau solle den Müllerburschen mit der Tochter verheirathen, und es solle augenblicklich die Hochzeit gehalten werden, und dann solle sie ihnen Pferde und Vieh und Hausgeräth geben und sie völlig auf dem Gehöft einrichten, das unten am Berg läge, und sofern das nicht alles geschehen sei, wenn Peter Krämer nach Hause käme, sollt's ihr schlecht gehen. Den andern Tag reis'te der Bursch weiter, und als er auf Peters Gehöft ankam, übergab er der Frau den Brief und sagte, er solle grüßen von Peter Krämer, ihrem Mann, und sagen, sie möchte doch so bald als möglich thun, Was in dem Brief stände. Als die Frau den Brief gelesen hatte, sagte sie zu dem Burschen: »Du musst Dich gut aufgeführt haben, daß Peter mir einen solchen Brief schreibt; denn als er abreis'te, war er so böse auf Dich, daß er nicht wußte, wie er Dich ums Leben bringen wollte.« Sie machte nun sogleich Anstalten zur Hochzeit und gab den jungen Leuten Pferde und Vieh und allerlei Hausgeräth und richtete sie vollständig ein auf dem Gehöft unten am Berge.

Nicht lange darnach kam Peter Krämer zu Hause, und das Erste, wonach er sich bei seiner Frau erkundigte, war, ob sie gethan hätte, wie er in dem Brief geschrieben. »Ja, das, däucht mir, war auch nett!« sagte sie: »aber ich durfte ja nicht anders.« Nun fragte Peter, wo denn die Tochter sei. »Ih nun, das kannst Du Dir ja wohl denken,« sagte die Frau: »sie ist bei ihm auf dem Gehöft unten am Berg, so wie in dem Brief stand.« Als Peter nun die ganze Geschichte erfuhr und den Brief sah, ward er so zornig, daß er aus der Haut fahren wollte, und lief sogleich auf das Gehöft zu den jungen Leuten. »Meine Tochter hast Du zwar bekommen,« sagte er zu dem Müllerburschen: »aber wenn Du denkst, sie zu behalten, so musst Du erst zu dem Drachen von Dübenfahrt und mir drei Federn aus seinem Schwanz holen;« — denn Wer die hatte, konnte Alles bekommen, was er sich wünschte. — »Wo soll ich aber den Drachen von Dübenfahrt finden?« fragte der Schwiegersohn. »Das weiß ich nicht,« sagte Peter Krämer: »das mag Deine Sorge sein.«

Der Bursch begab sich nun getrost auf den Weg, und als er eine Zeitlang gewandert hatte, kam er zu einem Königsschloß. »Hier will ich einkehren und vorfragen,« dachte er: »denn solche Leute wissen besser in der Welt Bescheid, als Unsereiner, vielleicht daß ich hier den Weg erfahre.« Gedacht, gethan. Der König fragte ihn, wo er her sei, und in welchem Geschäft er reise. »O, ich soll zu dem Drachen von Dübenfahrt und drei Federn aus seinem Schwanz holen,« sagte der Bursch: »wenn ich ihn bloß finden könnte.« — »Dazu will viel Glück,« sagte der König: »denn ich habe noch nie gehört, daß Einer von solcher Reise zurückgekehrt ist. Wenn Du ihn aber antriffst, so kannst Du ihn von mir grüßen und ihn fragen, woher es kommt, daß ich niemals reines Wasser in meinem Brunnen habe; ich hab' ihn schon so oft säubern und ausmuddern lassen, aber nie kann ich reines Wasser bekommen.« — »Ja, ich will ihn wohl fragen,« sagte der Bursch. Auf dem Schloß ließ er's sich wohl sein und bekam noch dazu Lebensmittel und Geld auf den Weg.

Gegen Abend kam der Bursch zu einem andern Königsschloß. Als er in die Küche eintrat, kam der König heraus und fragte ihn, wo er her sei, und in welchem Geschäft er reise. »O, ich soll zu dem Drachen von Dübenfahrt und drei Federn aus seinem Schwanz holen,« sagte der Bursch. »Dazu will viel Glück,« sagte der König: »denn ich habe noch nie gehört, daß Einer von daher zurückgekehrt ist. Wenn Du aber zu ihm kommst, so kannst Du ihn von mir grüßen und ihn fragen, wo wohl meine Tochter wäre, die vor vielen Jahren verschwunden ist; ich habe nach ihr suchen und forschen lassen überall, aber ich habe nie das Geringste von ihr erfahren können.« — »Ich will ihn wohl fragen,« sagte der Bursch. Auf dem Königsschloß lebte er gut und wohl, und als er den andern Tag fortging, bekam er sowohl Essen, als Geld mit auf den Weg. Gegen Abend kam er wieder zu einem Königsschloß.

Hier kam die Königinn heraus in die Küche und fragte ihn, wo er her sei, und in welchem Geschäft er reise. »Ich soll zu dem Drachen von Dübenfahrt und drei Federn aus seinem Schwanz holen,« sagte der Bursch. »Dazu will viel Glück,« sagte die Königinn: »denn ich habe noch nie gehört, daß Einer des Weges zurückgekehrt ist. Aber solltest Du ihn antreffen, so kannst Du ihn von mir grüßen und ihn fragen, wo ich wohl meine goldnen Schlüssel wiederfinden soll, die ich verloren habe.« — »Ich will ihn wohl fragen,« sagte der Bursch. Am andern Morgen wanderte er weiter, und als er ein Ende gegangen war, kam er zu einem großen breiten Fluß. Während er nun da stand und nicht wußte, wie er hinüber kommen sollte, kam ein alter krummgebückter Mann auf ihn zu und fragte ihn, wo er hin wolle. »Ich soll zu dem Drachen von Dübenfahrt,« sagte der Bursch: »wenn ich bloß wüßte, wo er zu finden ist.« — »Das kann ich Dir sagen,« sprach der Mann: »denn ich setze hier Alle über, die zu ihm wollen. Er wohnt hier grade gegenüber; wenn Du dort oben auf dem Hügel bist, kannst Du schon sein Schloß sehen; — und wenn Du ihn dann zu sprechen bekommst, so kannst Du ihn von meinetwegen fragen, wie lange ich hier noch übersetzen soll.« — »Ich will ihn wohl fragen,« sagte der Bursch. Der Mann nahm ihn nun auf den Rücken und trug ihn über den Fluß; und als der Bursch auf den Hügel gekommen war, sah er das Schloß grade vor sich und ging hinein. Als die Prinzessinn, die nur allein zu Hause war, ihn erblickte, rief sie: »Ist es möglich! darf denn eine Christenseele hieherkommen? Das ist noch nicht geschehen, so lange ich hier bin. Für Dich ist es aber am besten,« sagte sie: »Du siehst zu, daß Du wieder fortkommst so schnell wie möglich; denn kommt der Drache zu Hause, so riecht er Dich und frisst Dich sogleich auf, und mich machst Du dann dazu unglücklich.« — »Nein,« sagte der Bursch: »ich kann nicht eher fort, als bis ich drei Federn aus seinem Schwanz habe.« — »Die bekommst Du nun und nimmermehr,« sagte die Prinzessinn.

Aber der Bursch wollte nicht fort; er wollte warten, bis der Drache nach Hause käme und wollte die Federn aus seinem Schwanz und Antwort auf seine Fragen haben. »Ja, wenn Du denn durchaus darauf bestehst, so will ich zusehen, ob ich Dir helfen kann,« sagte die Prinzessinn: »Versuche aber, ob Du das Schwert aufheben kannst, das dort an der Wand hangt.« Nein, der Bursch konnt's nicht vom Fleck rühren. »So musst Du einen Trunk aus dieser Flasche thun,« sagte die Prinzessinn. Als nun der Bursch einen Trunk aus der Flasche gethan hatte, konnte er das Schwert ein wenig bewegen. »Du musst noch einen Trunk thun,« sagte die Prinzessinn: »und dann erzähle mir ausführlich Deinen Auftrag.« Der Bursch that nun noch einen Trunk, und darauf erzählte er der Prinzessinn: ein König hätte ihn gebeten, den Drachen zu fragen, woher es käme, daß er kein reines Wasser in seinen Brunnen bekommen könne; für einen andern solle er fragen, wo seine Tochter geblieben sei, die vor vielen Jahren verschwunden wäre; und für eine Königinn solle er den Drachen fragen, wo ihre goldnen Schlüssel geblieben wären; und endlich solle er für den Fährmann fragen, wie lange der noch die Leute über den Fluß setzen müsse. — Als der Bursch nun das Schwert anfaßte, konnte er es aufheben; und als er endlich noch einen Trunk gethan hatte, konnte er es schwingen. Gegen Abend sagte die Prinzessinn: »Nun kommt der Drache bald nach Hause, und damit er Dich nicht sogleich umbringt, musst Du unter das Bett kriechen, und da musst Du ganz still liegen, daß er Dich nicht bemerkt. Wenn wir uns dann niedergelegt haben, werde ich ihn ausfragen. Du musst aber gut zuhören und genau darauf Acht geben, Was er antwortet; und unter dem Bett musst Du liegen bleiben, bis Alles still ist, und der Drache eingeschlafen; alsdann aber kriech leise hervor und nimm das Schwert zu Dir. Und wenn er darnach aufsteht, musst Du mit einem Hieb ihm den Kopf abschlagen und im selben Augenblick die drei Federn aus seinem Schwanz rupfen; denn sonst reißt er sie sich selbst aus, damit sie keinem Andern zu gute kommen sollen.«

Als nun der Bursch unters Bett gekrochen war, kam auch schon der Drache an. »Es riecht hier so nach Menschenfleisch!« rief er, als er eintrat »O, es kam ein Rabe geflogen mit einem Menschenknochen im Schnabel und setzte sich auf das Dach,«

sagte die Prinzessinn: »das muß es sein, was Du riechst.« — »Na so!« sagte der Drache. Nun trug die Prinzessinn das Essen auf, und als sie gegessen hatten, legten sie sich zu Bett. Aber als sie eine Weile gelegen hatten, schlief die Prinzessinn so unruhig, und plötzlich wachte sie auf. »Au! au!« schrie sie. »Was fehlt Dir?« fragte der Drache. »O, ich schlafe so unruhig,« sagte die Prinzessinn: »und dann hatte ich einen so wunderlichen Traum.« — »Was träumte Dir denn?« fragte der Drache. »O, mir träumte, es käme ein König hieher und fragte Dich, wie er es anfangen solle, um reines Wasser in seinen Brunnen zu bekommen,« sagte die Prinzessinn. »Ach, das könnte er wohl von selbst wissen,« sagte der Drache: »wenn er bloß den Brunnen umgräbt und den alten verfaulten Stock herausnimmt, der auf dem Boden liegt, dann wird er schon reines Wasser bekommen. Aber liege jetzt ruhig und träume nicht wieder!«

Als die Prinzessinn eine Weile still gelegen hatte, ward sie wieder unruhig, warf sich im Bette hin und her und wachte endlich wieder auf. »Au! au!« — »Was ist denn nun wieder los?« rief der Drache. »O, ich schlafe so unruhig, und dann hatte ich einen so wunderlichen Traum,« sagte die Prinzessinn. »Das ist doch auch gewaltig mit Deiner Träumerei!« sagte der Drache: »Was hat Dir denn jetzt geträumt?« — »O, mir träumte, es käme ein König hieher und fragte Dich, wo seine Tochter geblieben wäre, die vor vielen Jahren verschwunden sei,« sagte die Prinzessinn. »Das bist Du,« sagte der Drache: »aber Dich bekommt er in seinem Leben nicht mehr zu sehen. Laß mich aber jetzt in Ruhe, bitt' ich Dich, und träume nicht wieder, sonst brech ich Dir die Rippen entzwei.«

Die Prinzessinn hatte nicht lange geschlafen, als sie wieder anfing, unruhig zu werden, und dann aufwachte. »Au! au!« rief sie. »Nun, schon wieder? Was ist denn jetzt wieder los?« rief der Drache und war so wild, daß er beinahe aus der Haut fahren wollte. »O, Du musst nicht böse werden,« sagte die Prinzessinn: »aber ich hatte einen so wunderlichen Traum.« — »Das ist doch auch zum Kukuk mit Deiner Träumerei! Was träumte Dir denn jetzt?« — »O, mir träumte, es käme eine Königinn hieher, die fragte Dich, ob Du ihr nicht sagen könntest, wo sie ihre goldnen

Schlüssel wiederfinden solle, die sie verloren hätte.« — »O, sie kann nur zusehen zwischen den Büschen, wo sie lag, damals, wie sie wohl weiß, dann wird sie sie wohl finden,« sagte der Drache: »Aber laß mich nun endlich in Ruhe mit Deinen Träumen!«

Beide schliefen nun eine Weile; aber darnach begann die Prinzessinn wieder unruhig zu werden, und plötzlich wachte sie auf. »Au! au!« — »Ich merke wohl, Du wirst nicht eher ruhig, als bis ich Dir das Genick zerbreche,« sagte der Drache und war so wüthend, daß ihm die Funken aus den Augen sprüh'ten: »Was hast Du denn nun wieder?« — »O, Du musst nicht böse auf mich sein,« sagte die Prinzessinn: »ich kann ja nicht dafür; aber ich hatte einen so wunderlichen Traum.« — »Eine solche Träumerei ist mir doch noch nicht vorgekommen,« sagte der Drache: »aber Was träumte Dir denn jetzt?« — »Mir träumte, der Fährmann hier unten am Sund sei gekommen und fragte Dich, wie lange er noch die Leute über den Fluß setzen müsse.« — »Das dumme Vieh! davon könnte er bald befri't werden,« sagte der Drache: »Wenn Jemand kommt, der hinüber will, so braucht er ihn nur mitten in den Fluß zu werfen und zu sagen: »Setz' nun Du über, bis Du abgelös't wirst!« dann wird er frei. Aber laß mich jetzt in Ruhe mit Deinen Träumen, sonst wird es ein andrer Tanz!«

Die Prinzessinn ließ ihn nun in Frieden schlafen. Aber sobald es still ward, und der Müllerbursch hörte, daß der Drache schnarchte, kroch er hervor und nahm das Schwert von der Wand. Ehe es noch Tag geworden war, stand der Drache auf; aber kaum war er mit beiden Füßen aus dem Bett gekommen, als der Bursch ihm den Kopf abhieb und die drei Federn aus seinem Schwanz riß. Das war eine große Freude. Und der Bursch und die Prinzessinn nahmen so viel Gold und Silber und Geld und andre Kostbarkeiten mit, als sie nur fortschaffen konnten, und als sie zu dem Sund kamen, setzten sie den Fährmann durch Alles, was er für sie hinübertragen mußte, so in Erstaunen und Verwirrung, daß er ganz und gar vergaß, zu fragen, Was der Drache gesagt hätte, bis alles Gepäck und der Bursch und die Prinzessinn dazu hinüber waren. »Es ist wahr,« sagte er, als sie eben fortgehen wollten: »fragtest Du den Drachen, wie ich Dir sagte?« — »Ja,« antwortete der Bursch: »er sagte, wenn Jemand käme und hinüber wolle, so solltest Du ihn nur mitten in den Fluß werfen und sagen: »Setz' nun Du über, bis Du abgelös't wirst!« so würdest Du frei.« — »O, twi!« sagte der Sundmann: »hättest Du mir das früher gesagt, dann hättest Du mich ablösen sollen.«

Als sie zu dem ersten Königsschloß kamen, fragte ihn die Königinn, ob er den Drachen nach ihren goldnen Schlüsseln gefragt hätte. »Ja,« sagte der Bursch und flüsterte ihr ins Ohr: »Er sagte, Du solltest nur zusehen zwischen den Büschen, wo Du lagst, damals, wie Du wohl weißt.« — »Still! still! sag' ja Nichts!« sagte die Königinn und gab dem Burschen hundert Thaler. — Als er zu dem zweiten Königsschloß kam, fragte der König ihn, ob er sich bei dem Drachen nach seiner Tochter erkundigt hätte. »Ja,« sagte der Bursch: »das hab' ich, und hier ist Deine Tochter!« Darüber ward der König so froh, daß er dem Müllerburschen gern die Prinzessinn und das halbe Reich gegeben hätte. Aber da dieser schon eine Frau hatte, gab er ihm zweihundert Thaler und Pferde und Wagen und so viel Gold und Silber, als er nur fortschaffen konnte. — Wie er nun zu dem dritten Königsschloß kam, fragte ihn der König, ob er seinen Auftrag bei dem Drachen ausgerichtet hätte. »Ja,« versetzte der Bursch: »er sagte, Du solltest nur den Brunnen umgraben und den alten verfaulten Stock herausnehmen, der auf dem Boden liegt, dann würdest Du schon reines Wasser bekommen.« Da gab der König ihm dreihundert Thaler. Von hier reis'te der Bursch gradesweges nach Hause, und er war so ausstaffirt mit Gold und mit Silber und so prächtig gekleidet, daß es nur so glitzerte. Als nun der reiche Peter die Federn aus dem Drachenschwanz erhielt, hatte er Nichts weiter gegen die Heirath einzuwenden. Da er aber all den Reichthum sah, den sein Schwiegersohn mitgebracht hatte, fragte er ihn, ob noch mehr da wäre. »Ja,« sagte der: »es sind noch ganze Wagen voll da, und wenn Du nur hinreisen willst, so wirst Du wohl so Viel finden, als Du gebrauchst.« Ja, Peter Krämer wollte gleich hinreisen. Nun sagte ihm sein Schwiegersohn den Weg so genau, daß er nicht nöthig hatte, weiter darnach zu fragen; »aber die Pferde,« sagte er: »lässt Du am besten an dieser Seite des Flusses; denn der Sundmann hilft Dir schon wieder herüber.« Peter reis'te nun fort und nahm einen guten Schnappsack voll Eßwaaren mit und viele Pferde, die ließ er aber an dieser Seite zurück, wie der

Bursch ihm gesagt hatte. Als er nun zu dem Fluß kam, nahm ihn der Sundmann auf den Rücken und trug ihn fort bis in die Mitte, da warf er ihn ins Wasser und sprach: »Nun kannst Du hier übersetzen, bis Du abgelös't wirst!« Und wenn Keiner ihn abgelös't hat, so geht der reiche Peter Krämer noch den heutigen Tag da und setzt die Leute über.

6.
Aschenbrödel, der mit dem Trollen um die Wette aß.

Es war einmal ein Bauer, der hatte drei Söhne; es ging ihm aber nur dürftig, und er war schon alt und schwach, und die Söhne wollten nicht recht an die Arbeit. Zu dem Gehöft gehörte ein großer schöner Wald, und in dem, wollte der Vater, sollten die Burschen Holz hauen, damit sie Etwas von der Schuld abbezahlten.

Endlich brachte er sie denn auch auf den Trab, und der älteste Sohn sollte zuerst ins Holz. Als er nun in den Wald gekommen war und anfing, eine alte borkige Tanne umzuhauen, trat plötzlich ein ungeheurer Troll auf ihn zu. »Wenn Du in meinem Wald hauest, so tödte ich Dich,« sagte der Troll. Als der Bursch das hörte, warf er die Axt weg und lief, was er nur konnte, wieder nach Hause. Er kam ganz athemlos an und erzählte, Was ihm begegnet war. Aber der Vater sagte, er wäre ein Hasenherz; die Trollen hätten ihn niemals am Hauen gehindert, als er noch jung gewesen, meinte er.

Den andern Tag sollte der zweite Sohn in den Wald; aber dem gings justement eben so. Als er ein paar Hiebe gethan hatte, trat der Troll auf ihn zu und sprach; »Wenn Du in meinem Wald hauest, so tödte ich Dich.« Der Bursch wagte kaum, ihn anzusehen, warf die Axt weg und machte sich auf die Beine, eben so, wie der Bruder. Als er nach Hause kam, meinte der Vater wieder, da er noch jung gewesen, hätten die Trollen ihn niemals gehindert.

Den dritten Tag wollte Aschenbrödel sich aufmachen. »Ja, Du,« sagten die beiden ältesten; »Du sollst wohl Was ausrichten, der Du nie hinter dem Ofen hervorgekommen bist.« Aschenbrödel antwortete Nichts, sondern bat nur um einen guten Sack voll Lebensmittel. Die Mutter hatte kein Fleisch und hängte daher den Kessel über's Feuer, um einiges Gemüse für ihn zu kochen; das that er in seinen Schnappsack, und damit machte er sich auf. Als er in den Wald gekommen war und eine Zeitlang gehauen hatte, kam ebenfalls der Troll auf ihn zu und sprach: »Wenn Du in meinem Wald hauest, so tödte ich Dich.« Der Bursch aber, nicht faul, nahm sogleich einen Käse aus seinem Schnappsack und drückte ihn, daß der Saft herausspritzte. »Hältst Du nicht gleich Dein großes Maul,« sagte er zu dem Trollen: »so werd' ich Dich drücken, wie ich das Wasser aus diesem Stein drücke.« — »Nein, Freund, verschone mich!« sagte der Troll: »ich will Dir auch hauen helfen.« Ja, wenn's so gemeint sei, wollte ihm denn der Bursch auch Nichts thun; und der Troll hau'te darauf brav zu, so daß sie an dem Tage viele Klafter umhau'ten. Gegen Abend sagte der Troll: »Nun kannst Du mit mir nach meiner Wohnung kommen, denn das ist näher, als nach Deinem Hause.« Ja, dem Burschen war das recht. Als sie nun in dem Hause des Trollen ankamen, wollte dieser Feuer auf dem Herd anmachen, und der Bursch sollte Wasser zum Grützkessel holen. Aber da standen zwei eiserne Zuber, so groß und so schwer, daß der Bursch sie nicht einmal von der Stelle bewegen konnte; er sagte aber: »Es ist nicht werth, mit diesen kleinen Bütten zu plirren; ich will lieber hingehen und den ganzen Brunnen holen.« — »Nein, Freund,« sagte der Troll: »ich kann meinen Brunnen nicht entbehren. Mach Du lieber Feuer an, dann will ich hingehen und Wasser holen.«

Als der Troll mit dem Wasser zurückkam, kochten sie einen tüchtigen Kessel voll Grütze. »Willst Du, wie ich,« sagte der Bursch: »so wollen wir um die Wette essen.« — »Ja, laß uns das!« sagte der Troll; denn er dachte, hierin würde er es wohl mit dem Burschen aufnehmen können. Als sie sich aber zu Tische setzten, nahm der Bursch seinen Schnappsack und band ihn sich, ohne daß der Troll es bemerkte, vorn um den Leib, und nun schüttete er mehr in den Schnappsack, als er aufaß. Als der Sack voll war, zog er sein Taschenmesser hervor und machte einen Schlitz in seinen Bauch, es war aber der Schnappsack, in den er schnitt. Der Troll sah ihn an, aber sagte Nichts. Als sie eine gute Zeit gegessen hatten, legte der Troll den Löffel nieder. »Nein, nun kann ich nicht mehr!« sagte er. »Du musst essen,« sagte der Bursch: »ich bin noch nicht einmal halb satt. Mach es, wie ich, und schneide ein Loch in Deinen Bauch, dann kannst Du so Viel essen, als Du willst.« — »Ja, aber das thut wohl gewaltig weh,« sagte der Troll. »O, es ist nicht der Rede werth,« versetzte der Bursch. Da nahm der Troll sein Messer und schnitt sich ein großes Loch in den Bauch, und als er das gethan hatte, fiel er todt zur Erde nieder.

Der Bursch aber nahm nun all das Gold und Silber, das er im Berge vorfand, und damit ging er nach Hause; und nun konnte er wohl Etwas von der Schuld abbezahlen.

7.
Von dem Burschen, der zu dem Nordwind ging und das Mehl zurückforderte.

Es war einmal eine alte Frau, die hatte einen Sohn, und da sie schon sehr elend und gebrechlich war und nicht mehr recht fortkonnte, sollte der Bursch für sie aufs Stabur[2] gehen und Mehl holen. Der Bursch ging auch hin; als er aber wieder die Treppe hinunterstieg, kam der Nordwind gestoben, nahm ihm das Mehl weg und fuhr damit durch die Luft. Der Bursch ging noch einmal aufs Stabur; als er aber die Treppe hinunterstieg, kam der Nordwind abermals gestoben und nahm ihm das Mehl weg, und eben so geschah es auch das dritte Mal. Das verdroß den Burschen, und er meinte, es wäre Unrecht, daß der Nordwind ihm so mitspielen sollte, und er gedachte daher, ihn aufzusuchen und sein Mehl zurückzufordern.

Er machte sich nun auf; aber der Weg war lang, und er ging und ging. Und endlich kam er zum Nordwind. »Guten Tag!« sagte der Bursch. »Guten Tag!« sagte der Nordwind, und seine Stimme war so grob: »Was willst Du?« — »O,« sagte der Bursch: »ich wollte Dich bitten, mir das Mehl wiederzugeben, das Du mir auf der Staburstreppe nahmst; denn Wenig haben wir nur, und wenn Du uns das Bischen, das wir haben, noch dazu nimmst, so wird's nichts Anders, als Hungerpfotensaugen.« — »Ich habe kein Mehl,« sagte der Nordwind: »aber weil es Dir so dürftig geht, will ich Dir ein Tuch geben, das schafft Dir Alles, was Du Dir nur zu essen wünschest, wenn Du bloß sagst: 'Tuch, deck dich mit allerlei köstlichen Speisen!'«

Damit war der Bursch sehr wohl zufrieden. Weil aber der Weg so lang war, daß er nicht in einem Tage nach Hause kommen konnte, kehrte er bei einem Gastwirth an der Landstraße ein. Als nun die Gäste, die schon vor ihm gekommen waren, zu Abend essen wollten, breitete der Bursch sein Tuch auf einem Tisch aus, der in der Ecke stand, und sprach dann: 'Tuch, deck dich mit allerlei köstlichen Speisen!' Kaum hatte er das gesagt, so that das Tuch seine Schuldigkeit. Da meinten Alle, besonders die Wirthsfrau, das wäre ein gar herrliches Tuch. Wie es nun Nacht geworden war, und Alle lagen und schliefen, schlich sich die Wirthsfrau herbei und stipitzte das Tuch und legte dann ein andres an die Stelle, das eben so aussah, wie jenes, aber das konnte nicht einmal mit trocknem Brod aufdecken.

Als der Bursch am Morgen erwachte, nahm er sein Tuch und ging damit fort, und an diesem Tage kam er nach Hause zu seiner Mutter. »Nun,« sagte er: »bin ich beim Nordwind gewesen; das ist ein recht schicklicher Mann, denn er hat mir dieses Tuch gegeben, und wenn ich bloß sage: 'Tuch, deck dich mit allerlei köstlichen Speisen!' so bekomme ich Alles, was ich mir nur an Essen wünsche.« — »Ja, das mag wahr sein,« sagte die Mutter: »aber ich glaub' es nicht, eh' ich es sehe.« Sogleich stellte der Bursch einen Tisch hin, legte das Tuch darauf und sprach: »Tuch, deck' dich mit allerlei köstlichen Speisen!« Aber das Tuch deckte sich nicht einmal mit einem Stück Brod.

»Es ist kein andrer Rath, ich muß wieder zum Nordwind,« sagte der Bursch und machte sich auf den Weg. »Guten Tag!« sagte er, als er beim Nordwind ankam. »Guten Tag!« sagte der Nordwind: »Was willst Du?« — »Ich wollte gern Ersatz für's Mehl haben, das Du mir nahmst,« sagte der Bursch: »denn das Tuch, das Du mir gegeben hast, taugt nichts.« — »Ich habe kein Mehl,« sagte der Nordwind: »aber da hast Du einen Bock, der macht lauter Goldducaten, wenn Du bloß sagst: 'Bock, mach Gold!'« Damit war der Bursch wohl zufrieden; weil er aber so weit nach Hause hatte, daß er an einem Tage nicht hinkommen konnte, nahm er wieder Nachtherberge bei dem Gastwirth. Eh' er aber Etwas zu essen verlangte, probirte er seinen Bock, um zu sehen, ob es auch wahr sei, was der Nordwind ihm gesagt hatte; die Sache verhielt sich aber wirklich so. Als der Gastwirth das Experiment sah, meinte er, das wäre ein prächtiges Thier; und wie der Bursch eingeschlafen war, holte er sich den Bock und setzte einen andern an die Stelle, der machte aber keine Goldducaten.

Am andern Morgen ging der Bursch weiter, und als er nach Hause zu seiner Mutter kam, sagte er: »Der Nordwind ist dennoch ein guter Mann; er hat mir jetzt einen Bock gegeben, der macht lauter Goldducaten, wenn ich bloß sage: 'Bock, mach

Gold!'« — »Das könnte wahr sein,« sagte die Mutter: »aber es ist wohl nur wieder Schnickschnack, und ich glaub' es nicht, eh' ich es sehe.« — »Bock, mach Gold!« sagte der Bursch; aber es war kein Gold, was der Bock machte.

Da ging der Bursch wieder zum Nordwind und sagte, der Bock tauge nichts, und er wolle Ersatz für's Mehl haben. »Ja, nun hab' ich Dir nichts Anders zu geben,« sagte der Nordwind: »als den alten Stock, der da in der Ecke steht, der hat aber die Eigenschaft, daß, wenn Du sagst: 'Stock, schlag' zu!' er so lange zuschlägt, bis Du wieder sagst: 'Stock, steh' still!'« — Weil nun der Weg nach Hause wieder nicht kurz war, so kehrte der Bursch auch an dem Abend wieder bei dem Gastwirth ein. Da er aber wohl so halbweges begreifen konnte, wie es mit dem Tuch und dem Bock zugegangen war, streckte er sich sogleich auf die Bank hin und fing an zu schnarchen. Der Wirth, der sich wohl denken mochte, daß der Stock zu Etwas tauge, suchte einen andern hervor, der diesem ganz ähnlich war und wollte ihn an die Stelle setzen, denn er glaubte nicht anders, als daß der Bursch schliefe. Wie aber der Gastwirth den Stock wegnehmen wollte, rief der Bursch: »Stock, schlag' zu!« Der Stock auf den Gastwirth los, daß dieser über Tisch und Bänke fuhr und rief und bat: »Ach Herrgott! Herrgott! laß bloß den Stock wieder aufhören, sonst schlägt er mich noch todt! Ich will Dir auch gern Dein Tuch und Deinen Bock wiedergeben.« Als es dem Burschen schien, daß der Gastwirth wohl Genug hätte, rief er: »Stock, steh' still!« Er nahm nun sein Tuch und steckte es in die Tasche, band dem Bock eine Schnur um die Hörner und nahm den Stock in die Hand, und fort ging er mit Allem, bis er nach Hause zu seiner Mutter kam; und nun hatte er guten Ersatz für's Mehl bekommen.

8.
Die Jungfrau Maria als Gevatterinn.

Weit, weit von hier in einem großen Wald wohnten ein Paar arme Leute. Die Frau kam ins Kindbett und gebar ein allerliebstes Töchterchen; aber da die Leute so arm waren, wußten sie nicht, wie sie das Kind getauft bekommen sollten. Da mußte der Mann sich aufmachen und zusehen, ob er nicht Gevattern bekommen könne, die für ihn das Taufgeld bezahlten. Er ging den ganzen Tag von Einem zum Andern, aber Gevatter wollte Niemand sein. Gegen Abend, als er nach Hause ging, begegnete ihm eine sehr schöne Frau, die hatte so prächtige Kleider an und sah so gutmüthig und freundlich aus und erbot sich, das Kind zur Taufe zu schaffen, wenn sie es nachher behalten solle. Der Mann antwortete, er müßte erst seine Frau fragen. Aber als er nach Hause kam und ihr die Sache vorstellte, sagte sie platt aus nein. Am andern Tage ging der Mann wieder aus; aber Gevattern wollten sie Alle nicht sein, wenn sie selbst das Taufgeld bezahlen sollten, und wie viel der Mann sie auch bitten mochte, so half doch Alles nichts. Als er am Abend nach Hause ging, begegnete ihm wieder die schöne Frau, die so sanft aussah, und sie machte ihm wieder dasselbe Anerbieten. Der Mann erzählte nun seiner Frau, Was ihm abermals begegnet war, und die sagte darauf, wenn er auch den nächsten Tag keine Gevattern zu dem Kind bekommen könne, so müßten sie es wohl der Frau überlassen, da sie doch so gut und freundlich aussähe. Der Mann ging nun zum dritten Mal aus, bekam aber auch an diesem Tage keine Gevattern; und als ihm daher am Abend wieder die freundliche Frau begegnete, versprach er ihr das Kind, wenn sie es wollte taufen lassen. Am andern Morgen kam die Frau in die Hütte des Mannes und hatte noch zwei Männer bei sich. Sie nahm nun das Kind und ging damit in die Kirche, und da wurde es getauft; darauf nahm sie es mit sich, und das kleine Mädchen blieb bei ihr mehre Jahre lang, und die Pflegemutter war immer gut und freundlich gegen sie.

Als nun das Mädchen so groß geworden war, daß es schon unterscheiden konnte, und Verstand bekam, wollte die Pflegemutter einmal eine Reise machen. »Du darfst in alle Zimmer gehen, in welche Du willst,« sagte sie zu dem Mädchen: »nur in diese drei Zimmer darfst Du nicht gehen,« und darauf reis'te sie fort. Das Mädchen konnte es aber nicht unterlassen, die Thür zu dem einen Zimmer ein wenig zu öffnen — und wutsch! so flog ein Stern heraus. Als die Pflegemutter nach Hause kam, betrübte es sie sehr, daß der Stern herausgeflogen war, und so unwillig war sie auf ihre Pflegetochter, daß sie ihr droh'te, sie fortjagen zu wollen. Aber das Mädchen bat und weinte so lange, bis sie endlich doch bleiben durfte. — Nach einiger Zeit wollte die Pflegemutter abermals verreisen und verbot nun dem Mädchen, beileibe nicht in die zwei Zimmer zu gehen, in welchen sie noch nicht gewesen sei. Das Mädchen versprach ihr nun auch, sie wolle diesmal gehorsam sein. Als sie aber eine Zeitlang allein gewesen war und sich allerlei Gedanken gemacht hatte, Was doch wohl in dem zweiten Zimmer sein möchte, konnte sie sich nicht enthalten, auch die zweite Thür ein wenig zu öffnen — und wutsch! flog der Mond heraus. Als die Pflegemutter zurückkehrte und sah, daß der Mond herausgeschlüpft war, ward sie wieder sehr betrübt und sagte zu dem Mädchen, nun könne sie sie durchaus nicht länger behalten, sie müsse jetzt fort. Aber da das Mädchen wieder so bitterlich weinte und gar zu artig bat, so durfte sie denn auch noch diesmal bleiben. — Nach einiger Zeit wollte die Pflegemutter abermals verreisen, und da legte sie es dem Mädchen, das nun schon halb erwachsen war, recht ernstlich ans Herz, es ja nicht versuchen zu wollen, in das dritte Zimmer zu gehen, oder auch nur hineinzugucken. Als aber die Pflegemutter eine Zeitlang verreis't war, und das Mädchen so allein ging und sich langweilte, konnte sie es zuletzt nicht mehr aushalten. »Ach,« dachte sie: »wie artig es sein müßte, ein wenig in das dritte Zimmer zu gucken!« Sie dachte zwar erst, sie wollte es doch nicht thun, der Pflegemutter wegen; aber als sie wieder auf den Gedanken zurückkam, konnte sie sich doch nicht länger halten; sie meinte, sie solle und müsse durchaus hineingucken, und da machte sie die Thür ein ganz klein wenig auf — und wutsch! flog die Sonne heraus. Als die Pflegemutter nun zurückkehrte und sah, daß die Sonne hinausgeflogen war, ward sie so herzlich betrübt und sagte zu dem Mädchen, nun könne sie durchaus nicht länger bei ihr bleiben. Die Pflegetochter weinte und bat noch artiger, als zuvor; aber es half Alles nichts. »Nein, ich muß Dich jetzt strafen,« sagte die Pflegemutter: »aber Du sollst die Wahl haben, entweder das allerschönste Frauenzimmer zu werden und nicht sprechen zu können, oder das allerhäßlichste und sprechen zu können; aber weg von hier musst Du.« Das Mädchen sagte: »So will ich denn lieber das allerschönste Frauenzimmer werden und nicht sprechen können,« — und das ward sie denn auch; aber von der Zeit an war sie stumm.

Als nun das Mädchen ihre Pflegemutter verlassen hatte und eine Zeitlang fortgewandert war, kam sie in einen großen, großen Wald; aber so weit sie auch ging, so konnte sie doch nie das Ende erreichen. Als es Abend wurde, kletterte sie auf einen hohen Baum, der oberhalb einer Quelle stand, und setzte sich darin zum Schlafen nieder. Nicht weit davon aber lag ein Königsschloß, und aus diesem kam früh am andern Morgen eine Dirne und wollte Wasser zum Thee für den Prinzen aus der Quelle holen. Als nun die Dirne das schöne Gesicht in der Quelle sah, glaubte sie, es wäre ihr eignes; sie warf sogleich den Eimer hin, lief nach Hause, hielt den Nacken steif und sagte: »Bin ich so schön, so bin ich auch wohl zu gut, um Wasser im Eimer zu holen.« Nun sollte eine Andre hin und Wasser holen; aber mit der ging es eben so: sie kam auch zurück und sagte, sie wäre viel zu schön und zu gut, um nach der Quelle zu gehen und Wasser für den Prinzen zu holen. Da ging der Prinz selbst hin; denn er wollte sehen, wie das zusammenhing. Als er nun zu der Quelle kam, erblickte er ebenfalls das Bild, und sogleich sah er nach dem Baum hinauf. Da ward er denn das schöne Mädchen gewahr, das dort in den Zweigen saß. Er schmeichelte sie herunter und nahm sie mit nach Hause und wollte sie durchaus zur Gemahlinn haben, weil sie so schön war. Aber seine Mutter, die noch lebte, machte Einwendungen: »Sie kann nicht sprechen,« sagte sie: »es mag daher wohl ein Trollmensch sein.« Aber der Prinz gab sich nicht eher zufrieden, bis er sie bekam. Als er nun eine Zeitlang mit ihr zusammengelebt hatte, ward sie schwanger, und wie sie gebären sollte, stellte der Prinz eine starke Wache um sie her. Aber in der Geburtsstunde schliefen alle ein; und als sie geboren hatte, kam ihre Pflegemutter, schnitt das Kind in den kleinen Finger und bestrich der Königinn mit dem Blute den Mund und die Hände und sagte: »Nun sollst Du eben so betrübt werden, als ich damals war, wie

Du den Stern hattest hinausschlüpfen lassen,« und darauf verschwand sie mit dem Kinde. Als Die, welche der Prinz zur Bewachung hingestellt hatte, die Augen wieder aufschlugen, glaubten sie, die Königinn hätte ihr Kind aufgefressen, und die alte Königinn wollte daher, daß man sie verbrennen solle; aber der Prinz hatte sie so herzlich lieb, und nach vielem Bitten gelang es ihm, sie von der Strafe zu befreien, aber es war nur mit genauer Noth. Als die Königinn zum zweiten Mal ins Wochenbett sollte, wurde eine Wache um sie gestellt, die war doppelt so stark, als die erste. Aber es ging wieder eben so, wie das vorige Mal, nur daß jetzt die Pflegemutter zu ihr sagte: »Nun sollst Du eben so betrübt werden, als ich damals war, wie Du den Mond hattest hinausschlüpfen lassen.« Die Königinn weinte und bat, — denn wenn die Pflegemutter da war, konnte sie sprechen — aber es half Alles nichts. Nun wollte die alte Königinn durchaus, daß sie verbrannt werden sollte; aber der Prinz bat sie auch noch dieses Mal frei. Als die Königinn zum dritten Mal ins Kindbett sollte, ward eine dreidoppelte Wache um sie gestellt; aber es ging wieder ganz so, wie zuvor: die Pflegemutter kam, während die Wache schlief, nahm das Kind, schnitt es in den kleinen Finger und strich der Königinn das Blut um den Mund; nun, sagte sie, solle sie eben so betrübt werden, als sie selbst damals gewesen sei, wie sie die Sonne hatte hinausschlüpfen lassen. Jetzt konnte der Prinz sie auf keine Weise mehr retten, sie mußte und sollte verbrannt werden. Aber grade in dem Augenblick, da man sie auf den Scheiterhaufen brachte, erschien die Pflegemutter mit allen drei Kindern; die beiden ältesten führte sie an der Hand, und das jüngste trug sie auf dem Arm. Sie trat auf die junge Königinn zu und sprach: »Hier sind Deine Kinder, ich gebe sie Dir jetzt zurück. Ich bin die Jungfrau Maria, und so betrübt, als Du nun gewesen bist, so betrübt war ich damals, als Du den Stern, den Mond und die Sonne hattest hinausschlüpfen lassen. Jetzt hast Du für Das, was Du gethan, Deine Strafe erlitten, und von nun an sollst Du wieder sprechen können.« Wie froh da der Prinz und die Prinzessinn waren, das lässt sich wohl denken, aber nicht beschreiben; sie lebten nachher immer glücklich zusammen, und auch des Prinzen Mutter hatte von der Zeit an die junge Königinn recht lieb.

9.
Die drei Prinzessinnen aus Witenland.

Es war einmal ein Fischer, der wohnte nicht weit vom Schloß und fischte für des Königs Tisch. Eines Tages, als er wieder auf den Fang ausgegangen war, konnte er nicht einen Fisch bekommen; er mochte es anfangen, wie er wollte, und noch so viel fischen und angeln, so hing doch nie eine Gräte am Haken. Als es aber schon spät am Tage war, tauchte ein Kopf aus dem Wasser hervor und sprach: »Willst Du mir Das geben, was Deine Frau unter dem Gürtel trägt, so sollst Du Fische genug haben.« Der Mann sagte gleich Ja; denn er wußte nicht, daß seine Frau schwanger war. Darnach bekam er aber auch Fische den Tag, so viel er nur wollte. Als er am Abend nach Hause kam und erzählte, wie er all die Fische bekommen, fing die Frau an zu jammern und zu weinen, und sagte, Gott möge ihr gnädig sein wegen des Versprechens, das der Mann gethan hätte, denn sie trüge ein Kind unter dem Gürtel. Man sprach bald auf dem Schloß davon, daß die Frau des Fischers immer so betrübt wäre; und als der König das hörte und die Ursache erfuhr, versprach er dem Fischer, er wolle das Kind zu sich nehmen und es zu retten suchen. Die Zeit verstrich, und als die Frau gebären sollte, brachte sie einen Knaben zur Welt, den nahm der König zu sich und erzog ihn wie seinen eignen Sohn. Als der Knabe nun herangewachsen war, bat er den König eines Tages, seinen Vater auf den Fischfang begleiten zu dürfen, er hätte so große Lust zu fischen, sagte er. Der König wollte anfangs nicht, aber weil der Bursch so anhaltend bat, erlaubte er es ihm endlich. Der Sohn begleitete nun seinen Vater auf den Fischfang, und Alles ging den Tag über gut, bis am Abend, da sie wieder ans Land kamen. Da ward der Bursch gewahr, daß er sein Taschentuch im Boot vergessen hatte, und er wollte hingehen und es sich holen. Kaum aber war er ins Boot gekommen, so saus'te dieses mit ihm fort, daß nur das Wasser so schäumte, und wie sehr der Bursch auch rudern und arbeiten mochte, so half ihm doch Alles nichts; das Boot saus'te fort, bis es weit weg an ein weißes Sandufer trieb. Da ging der Bursch ans Land, und wie er eine Strecke gegangen war, begegnete ihm ein alter Mann mit einem weißen Bart; den fragte der Bursch: »Wie heißt dieses Land?« — »Witenland,« antwortete der Mann; darauf fragte er den Burschen, wo er her wäre, und wo er hin wolle. Als dieser es ihm gesagt hatte, sprach der Mann: »Wenn Du diesen Strand entlang gehst, so kommst Du zu drei Prinzessinnen, welche in die Erde gesenkt stehen, so daß nur der Kopf hervorragt. Sobald sie Dich erblicken, wird die erste, welche die älteste ist, wohl rufen und Dich bitten, ihr zu Hülfe zu kommen, und eben so wird es mit der zweiten geschehen; aber zu keiner von diesen beiden sollst Du hingehen; beeile Dich nur, ihnen vorüberzukommen und thue, als ob Du sie gar nicht bemerktest, aber zu der dritten sollst Du hingehen und thun, um Was sie Dich bittet; denn es wird Dein Glück sein.«

Als der Bursch nun zu der ersten von den Prinzessinnen kam, rief diese und bat ihn so flehentlich, er möchte doch zu ihr kommen; aber er ging ihr vorüber, als ob er sie ganz und gar nicht bemerkte, eben so auch der zweiten, aber zu der dritten ging er hin. »Willst Du thun, Was ich Dir sage, so sollst Du haben, Welche von uns Dreien Du willst,« sagte die Prinzessinn. Ja, das wollte der Bursch gern, und nun erzählte sie ihm, daß sie hier von drei Trollen wären versenkt worden; früher aber hätten sie auf dem Schloß gewohnt, das er dort drüben im Walde sehen könne. »Nun musst Du,« sagte sie: »in das Schloß gehen und Dich von den Trollen eine Nacht für Jede von uns peitschen lassen; kannst Du das aushalten, so errettest Du uns.« — Ja, antwortete der Bursch: er wollt's versuchen. — »Wenn Du in das Schloß gehst,« sagte die Prinzessinn weiter: »so stehen da zwei Löwen in der Pforte, aber gehe nur mitten zwischen ihnen hindurch, so thun sie Dir Nichts. Gehe dann grade aus in ein kleines Zimmer, und da lege Dich nieder. Dann kommt der Troll an und schlägt Dich; aber wenn er Dich genug geschlagen hat, so wasche Dich nur mit dem Wasser aus der Flasche, die dort an der Wand hangt, dann wirst Du sogleich wieder gesund, und darnach nimm das Schwert, das neben der Flasche hangt, und tödte damit den Trollen.« Ja, der Bursch that, wie die Prinzessinn ihm gesagt hatte: er ging mitten zwischen den Löwen hindurch, als ob er sie gar nicht beachte, schritt dann grade aus in die kleine Kammer, und da legte er sich nieder. Die erste Nacht kam ein Troll mit drei Köpfen und drei Ruthen und peitschte den Burschen gottsjämmerlich;

aber dieser hielt Alles ruhig aus, bis der Troll fertig war; da nahm der Bursch die Flasche und wusch sich damit die Wunden, ergriff dann das Schwert und hau'te dem Trollen den Kopf ab. Als er nun am andern Morgen zu den Prinzessinnen kam, standen diese bis an den Gürtel über der Erde. Die zweite Nacht ging es eben so; aber der Troll, welcher jetzt kam, hatte sechs Köpfe und sechs Ruthen und peitschte ihn noch weit ärger, als der vorige. Als aber der Bursch am Morgen zu den Prinzessinnen kam, standen diese nur noch bis ans Schienbein in der Erde. In der dritten Nacht kam ein Troll, der hatte neun Köpfe und neun Ruthen und schlug und peitschte den Burschen so lange, bis dieser zuletzt ohne Bewusstsein umfiel. Da nahm ihn der Troll und warf ihn gegen die Wand, aber bei der Gelegenheit fiel die Flasche herunter und bespritzte den Burschen über und über, so daß er augenblicklich wieder gesund ward. Er nun nicht faul ergriff das Schwert und hieb damit dem Trollen den Kopf ab; und als er darauf am Morgen zu den Prinzessinnen kam, standen diese mit dem ganzen Leibe über der Erde. Nun heirathete er die jüngste von ihnen und wurde darauf König, und lebte glücklich und zufrieden mit ihr eine lange Zeit.

Da bekam er einmal so große Lust, wieder nach Hause zu reisen und seine Ältern zu besuchen. Das gefiel aber der Königinn, seiner Gemahlinn, gar nicht; weil er aber nun durchaus fort wollte und mußte, sagte sie zu ihm; »Eins musst Du mir jedoch versprechen, daß Du nämlich bloß Das thun willst, um was Dein Vater Dich bittet, aber nicht Das, um was Deine Mutter Dich bittet,« und das versprach er ihr denn auch. Darauf gab sie ihm einen Ring, der hatte die Eigenschaft, daß Der, welcher ihn am Finger trug, zwei Wünsche thun konnte. Er wünschte sich nun nach Hause, und als die Ältern ihn sahen, konnten sie sich nicht genug darüber verwundern, wie stattlich und prächtig er aussah.

Als er nun einige Tage zu Hause gewesen war, wollte seine Mutter, er sollte aufs Schloß gehen und dem König zeigen, was für ein Mann aus ihm geworden sei. Der Vater aber sagte: »Nein, das soll er nicht; denn alsdann können wir nicht länger die Freude haben, ihn bei uns zu sehen.« Aber es half nichts; die Mutter bat und quälte ihn so lange, bis er endlich ging. Als er nun auf's

Schloß kam, war er weit stattlicher an Kleidern und in Allem, als der andre König; das war diesem nun gar nicht recht, und er sagte daher: »Ja, aber nun sollst Du meine Gemahlinn sehen; ich glaube nicht, daß Deine so schön ist, wie meine.« — »Gott gäbe, sie stände hier, so solltest Du es sehen!« sagte der junge König, und sogleich stand sie da; aber sie war sehr betrübt und sagte: »Warum hast Du mir nicht gehorcht und nur auf Das gehört, was Dein Vater Dir sagte? Nun muß ich wieder fort, und Du hast keine Wünsche mehr.« Darauf knüpfte sie ihm einen Ring ins Haar, worauf ihr Name stand, und wünschte sich wieder nach Hause.

Da ward der junge König sehr betrübt und dachte an nichts Anders, als wie er nur wieder zu seiner Gemahlinn kommen sollte. »Ich muß sehen, ob ich nicht irgendwo erfahren kann, wo Witenland liegt,« dachte er und begab sich auf den Weg. Als er ein Ende gegangen war, begegnete ihm Einer, der war Herr über alle Thiere im Walde, und sie kamen zu ihm, wenn er nur in sein Horn blies; den fragte der König nach Witenland. »Ich weiß nicht, wo es liegt,« sagte der Mann: »aber ich will meine Thiere fragen.« Darauf blies er sie herbei und fragte, ob nicht Einer von ihnen wüßte, wo Witenland läge; aber das wußte Keiner.

Da gab der Mann ihm ein Paar Schneeschuhe. »Wenn Du die anhast,« sagte er: »kommst Du zu meinem Bruder, der über hundert Meilen weit von hier wohnt; der ist Herr über alle Vögel in der Luft, Du kannst den fragen. Wenn Du aber dort angekommen bist, so kehre die Schuhe nur um, so daß die Spitze nach hier wendet, dann gehn sie von selbst wieder nach Hause.« Als der König nun an Ort und Stelle gekommen war, kehrte er die Schneeschuhe um, wie der Herr über die Thiere ihm gesagt hatte, und darauf gingen sie von selbst wieder nach Hause.

Er fragte nun wieder nach Witenland, und der Mann blies alle Vögel herbei und fragte sie, ob nicht Einer von ihnen wüßte, wo Witenland läge. Nein, das wußte wieder Keiner. Lange nach den andern Vögeln kam auch noch ein alter Adler, der zehn Jahre lang in der Fremde gewesen war, aber der wußte es auch nicht. »Nun,« sagte der Mann: »dann will ich Dir ein Paar Schneeschuhe leihen; wenn Du die anhast, kommst Du zu meinem Bruder, der hundert Meilen weit von hier wohnt; er ist Herr über alle

Fische im Meer, Du musst den fragen; vergiß aber nicht, die Schuhe wieder umzukehren, wenn Du dort angekommen bist.« Der König dankte dem Mann und legte die Schuhe an. Als er nun zu Dem gekommen war, der Herr über alle Fische im Meer war, kehrte er die Schuhe wieder um, worauf diese, eben so, wie die andern, wieder nach Hause gingen.

Der König fragte nun wieder nach Witenland. Da blies der Mann alle Fische herbei; aber auch von ihnen wußte Keiner Bescheid. Endlich kam ein alter, alter Hecht; der Mann hatte viele Mühe, ihn herbeizublasen, und als er ihn nach Witenland fragte, antwortete der Hecht: »Ja, da bin ich gut bekannt; denn ich bin da zehn Jahre lang Koch gewesen. Morgen soll ich wieder dahin; denn die Königinn, die ihren Gemahl verloren hat, macht morgen wieder Hochzeit.« — »Wenn es sich so verhält, so will ich Dir einen guten Rath geben,« sagte der Mann: »Hier draußen auf einem Erlenmoor stehn drei Brüder, die haben da schon hundert Jahre gestanden und sich um einen Hut, einen Mantel und ein Paar Stiefeln gebalgt. Wenn Einer die drei Dinge hat, so kann er sich unsichtbar machen und sich so weit weg wünschen, als er will. Du kannst sagen, Du wolltest die Sachen probiren und nachher zwischen ihnen das Urtheil sprechen.« Der König dankte dem Mann und that, wie er ihm gesagt hatte. »Was steht Ihr hier beständig und balgt Euch?« sagte er, als er zu den drei Brüdern gekommen war: »lasst mich die Dinge probiren, dann will ich das Urtheil zwischen Euch sprechen.« Ja, das wollten sie gern. Als er aber den Hut, den Mantel und die Stiefeln bekommen hatte, sagte er: »Wenn wir uns das nächste Mal wiedersehen, sollt Ihr das Urtheil erfahren,« und damit wünschte er sich fort. Als er durch die Luft fuhr, traf er mit dem Nordwind zusammen. »Wo willst Du hin?« fragte ihn der Nordwind. »Nach Witenland,« sagte der König und erzählte ihm, Was ihm begegnet war. »Ja, Du fährst wohl etwas schneller, als ich,« sagte der Nordwind; »ich muß nun in jeden Winkel und wehen und pusten. Wenn Du aber an Ort und Stelle kommst, so stelle Dich nur auf die Treppe neben der Thür hin; dann werde ich gesaus't kommen, als wollte ich das ganze Schloß umwehen. Wenn dann der Prinz, der Deine Gemahlinn haben soll, herauskommt und sehen will, Was es giebt, so faß ihn nur beim Kragen und wirf ihn hinaus; dann will ich schon zusehen, wie ich ihn fortschaffe.« Ja, der König that, wie ihm der Nordwind gesagt hatte: er stellte sich auf die Treppe hin, und als der Nordwind gesaus't und gebraus't kam und einen Griff ins Schloßdach that, so daß es bebte und krachte, ging der Prinz hinaus und wollte sehen, Was es gab. Aber in demselben Augenblick ergriff der König ihn beim Kragen und warf ihn hinaus. Da nahm ihn der Nordwind und fuhr mit ihm davon. Als der König so mit guter Manier den Prinzen quitt geworden war, ging er ins Schloß. Anfangs erkannte die Königinn ihn nicht, weil er durch das lange Wandern und seinen heftigen Kummer so bleich und mager geworden war. Als er ihr aber den Ring zeigte, ward sie herzlich froh; und nun wurde mit großem Jubel erst die rechte Hochzeit gefeiert.

10.
Es giebt noch mehr solche Weiber.

Es war einmal ein Mann und eine Frau, die wollten säen, aber sie hatten kein Saatkorn und auch kein Geld, sich etwas zu kaufen. Eine einzige Kuh hatten sie, und mit der sollte der Mann in die Stadt gehen und sie verkaufen, damit sie Geld zu Saatkorn bekämen. Als es aber zum Stücke kam, wagte die Frau es nicht, den Mann allein reisen zu lassen, denn sie fürchtete, er möchte das Geld vertrinken. Sie machte sich daher selbst mit der Kuh auf den Weg und nahm auch noch ein Huhn mit.

Dicht bei der Stadt begegnete ihr ein Schlachter. »Willst Du die Kuh verkaufen, Mutter?« fragte er sie. »Ja,« sagte die Frau. »Was willst Du denn dafür haben?« — »Für die Kuh verlange ich drei Groschen,« sagte sie: »aber das Huhn sollst Du für acht Thaler haben.« — »Das Huhn kann ich nicht gebrauchen,« sagte der Schlachter: »und das wirst Du schon los, wenn Du zur Stadt kommst; aber für die Kuh will ich Dir drei Groschen geben.« Sie verkaufte ihm nun die Kuh und erhielt ihre drei Groschen; aber in der Stadt war Niemand, der acht Thaler für ein magres schäbiges Huhn geben wollte. Die Frau ging deßhalb wieder zurück zum Schlachter und sagte: »Gevatter, ich kann mein Huhn nicht los werden; Du musst es mir auch nur abkaufen, da Du doch einmal die Kuh bekommen hast.« — »Nun, wir werden schon Handels eins werden,« sagte der Schlachter. Darauf tractirte er sie mit Essen und gab ihr so viel Branntwein, daß sie trunken ward und Sinn und Verstand verlor.

Während sie nun da lag und schlief, tauchte der Schlachter sie in ein Theerfaß und legte sie dann in einen Federhaufen.

Als sie darauf erwachte, war sie über und über gefiedert und wunderte sich und sprach: »Bin ich's, oder bin ich's nicht? Nein, ich kann's nicht sein, das muß ein großer sonderbarer Vogel sein. Wie soll ich's doch nur erfahren, ob ich's bin, oder nicht? Ja, nun weiß ich's: wenn mich die Kälber lecken, und der Hund mich nicht anbellt, wenn ich nach Hause komme, so bin ich's.«

Der Hund aber sah kaum das Unthier, so fing er an zu bellen, als ob Schelme und Diebe auf den Hof gekommen wären. »Nein, das kann ich unmöglich sein,« sagte sie. Als sie in den Stall kam, wollten die Kälber sie nicht lecken wegen des strengen Theergeruchs. »Nein, das kann ich nicht sein,« sagte sie, stieg auf das Staburdach und fing an, mit den Armen zu schlagen, als ob es Flügel wären, und sie in die Höhe wollte. Als der Mann das gewahr ward, kam er mit der Büchse heraus und zielte nach ihr. »Ach, schieß nicht! schieß nicht!« rief sie: »das bin ich.« — »Bist Du es?« sagte der Mann: »was stehst Du denn da, wie eine Ziege? Komm herunter und thu mir Rechenschaft von Deinem Verkauf!« Sie kroch nun herunter, aber sie hatte nicht einen Heller; denn die drei Groschen, die sie vom Schlachter bekommen hatte, die hatte sie in ihrer Besoffenheit weggeworfen; und als der Mann nun hörte, wie Alles zugegangen war, ward er so zornig, daß er sagte, er wolle von Haus und Hof gehen, und nicht eher zurückkehren, als bis er drei andre Weiber fände, die eben so unklug wären.

Er machte sich nun auf den Weg, und als er eine Strecke gegangen war, erblickte er eine neu aufgezimmerte Hütte, und ein Weib lief mit einem leeren Sieb aus und ein; aber so oft sie hineinlief, warf sie die Schürze über das Sieb, als ob sie Etwas drin hätte. »Warum thut Ihr das, Mutter?« fragte er die Frau. »O, ich will nur ein wenig Sonne hineintragen,« sagte sie: »aber ich weiß nicht, wie es recht zugeht: wenn ich draußen bin, habe ich die Sonne im Sieb, aber sobald ich hineinkomme, ist sie weg. Da ich noch in meiner alten Hütte wohnte, hatte ich Sonne genug, obgleich ich nie das Geringste hineintrug. Wenn mir nur Einer Sonne schaffen könnte, so wollt' ich ihm gern dreihundert Thaler geben.« — »Habt Ihr eine Axt,« sagte der Mann: »so will ich Euch schon Sonne verschaffen.« Er bekam nun eine Axt und damit hau'te er die Fensterlöcher hinein, denn die hatte der Zimmermann vergessen. Sogleich schien nun die Sonne hindurch, und er bekam seine dreihundert Thaler. »Das war Eine!« dachte der Mann und ging weiter.

Nach einer Weile kam er zu einem Hause, in welchem er ein entsetzliches Geschrei hörte. Er ging hinein, und da sah er nun eine Frau, die damit beschäftigt war, ihrem Mann den Kopf mit einem Waschbläuel zu bearbeiten; über den Kopf hatte sie ein

Hemd ohne Halsloch gezogen. »Wollt Ihr Euern Mann todtschlagen, Mutter?« fragte er. »Nein,« sagte sie: »ich will nur ein Halsloch in dieses Hemd haben.« Der Mann schrie und geberdete sich übel und sprach: »Gott tröste Den, der ein neues Hemd anhaben soll! Wenn Jemand meiner Frau lehren könnte, ein Halsloch auf eine andre Manier ins Hemd zu kriegen, so wollt' ich ihm gern dreihundert Thaler geben.« — »Das soll bald gethan sein; gebt mir nur eine Schere,« sagte der Andre. Er bekam nun eine Schere, schnitt ein Loch ins Hemd und ging mit seinen Dreihundert davon. »Das war die Zweite!« sagte er bei sich selbst.

Endlich kam er zu einem Bauerhof, wo er sich eine Weile auszuruhen gedachte. Als er in die Stube trat, fragte die Frau ihn: »Wo seid Ihr her, Gevatter?« — »Ich bin aus Ringelreich,« antwortete er. »Nein, was Ihr sagt! seid Ihr aus dem Himmelreich?[3] Dann kennt Ihr auch wohl den zweiten Peter, meinen seligen Mann.« — Die Frau war nämlich zum dritten Mal verheirathet; ihr erster und ihr letzter Mann waren schlimm; darum glaubte sie, daß nur der zweite, der gut gewesen war, selig geworden sei. — »Ja, den kenn' ich sehr gut,« sagte er. »Wie geht's ihm denn?« fragte die Frau. »O, es geht ihm nur dürftig,« erwiederte der Ringelreicher: »er schlendert von einem Hof zum andern und hat weder Essen in der Schüssel, noch Kleider auf dem Leibe — an Geld ist nun gar nicht zu denken.« — »Ach, Gott helf mir!« rief die Frau: »er brauchte eben nicht so elend einherzugehen, er, der so Viel hinterlassen hat; hier hangt ein ganzer Boden voll Kleider, die ihm gehörten, und eine große Kiste mit Geld steht hier auch; wenn Ihr's mitnehmen wollt, Gevatter, so will ich Euch gern ein Pferd und einen Karren geben, damit Ihr's fortschaffen könnt; das Pferd kann er da behalten, und auf dem Karren kann er sitzen und von einem Hof zum andern fahren, denn er hat es eben nicht nöthig, zu Fuß zu gehen.« Der Ringelreicher erhielt nun eine ganze Karrenfuhre voll Kleider und eine Kiste voll blankes Silbergeld und so viel Essen und Trinken, als er nur wollte, und damit setzte er sich auf und fuhr davon. »Das war die Dritte!« sagte er bei sich selbst.

Aber draußen auf dem Felde ging der dritte Mann der Frau und pflügte, und da er Jemanden, den er nicht kannte, mit seinem

Pferd und seinem Karren abreisen sah, ging er nach Hause zu seiner Frau und fragte sie, was Das für Einer wäre, der mit seinem blauen Pferd davon reis'te. »Ach Der,« sagte die Frau: »das war ein Mann aus dem Himmelreich; er sagte, daß es dem zweiten Peter, meinem seligen Mann, so schlecht gehe, daß er von Hof zu Hof schlendern müsse und weder Kleider, noch Geld hätte; darum schickte ich ihm alle seine alten Kleider, die hier hangen, und auch die alte Geldkiste mit dem Silbergeld.« Als der Mann das hörte, merkte er sogleich, Was die Uhr geschlagen hatte, sattelte sein Pferd und ritt in vollem Galopp davon. Es dauerte nicht lange, so war er dicht hinter dem Ringelreicher. Wie dieser ihn aber gewahr ward, fuhr er den Karren ins Unterholz, riß dem Pferd eine Handvoll Haare aus und lief auf einen Hügel, wo er die Pferdehaare an eine Birke band; darnach legte er sich darunter auf die Erde hin und glotzte und stierte in die Wolken. »Nein! nein!« sagte er so bei sich selbst, als der dritte Peter geritten kam: »nein, so Was hab' ich noch in meinem Leben nicht gesehen!« Peter sah ihm verwundert eine Weile zu, endlich fragte er ihn: »Was liegst Du da und glotzäugst?« — »Nein, so Was hab' ich noch mein Lebtag nicht gesehen!« sagte der Andre: »Hier fuhr so eben Einer mit einem blauen Pferd grade zum Himmel hinauf; da siehst Du noch die Haare, die an der Birke hangen, und da oben in den Wolken siehst Du das blaue Pferd.« Peter sah bald zu den Wolken hinauf, bald nach Dem, welcher da lag und stierte; endlich sagte er: »Ich sehe Nichts, als nur die Pferdehaare an der Birke.« — »Nein, Du kannst es da auch nicht sehen,« sagte der Andre: »aber komm hieher und lege Dich auf diese Stelle hin, und dann musst Du grade in die Wolken sehen, und die Augen nicht wegkehren.« Als nun der dritte Peter da lag und in die Wolken starrte, daß ihm die Augen voll Wasser liefen, schwang der Ringelreicher sich auf das Pferd und machte sich sowohl mit diesem, als mit dem Karren davon. Wie Peter es auf dem Wege rasseln hörte, sprang er auf; aber er war so verstört, als er den Andern mit seinen beiden Pferden und seinem Karren davon jagen sah, daß er sich nicht eher besann, ihm nachzueilen, als bis es zu spät war.

Er ließ die Ohren ziemlich lang hängen, wie er nach Hause kam; als ihn aber seine Frau fragte, wo er das Pferd gelassen hätte, sagte er: »O, ich hab' es ihm für den zweiten Peter mitgegeben; denn ich dachte, es wäre nicht werth, daß er im Himmel auf einem elenden Rumpelkasten sitzen und von Hof zu Hof karren solle; nun kann er die Karre verkaufen und sich einen Wagen anschaffen.« — »Dafür sollst Du Dank haben,« sagte die Frau: »ich hätte nie geglaubt, daß Du ein so guter Mann wärst.«

Als nun der Andre mit den sechshundert Thalern und der Karrenfuhre voll Kleider und der Geldkiste nach Hause kam, sah er, daß aller Acker gepflügt und besä't war. Darum war die erste Frage, die er an seine Frau that, woher sie das Saatkorn bekommen hätte. »O,« sagte sie: »ich habe immer gehört: »Wer da säet, wird auch ernten;« darum hab' ich denn das Salz gesä't, das Die vom Dovrefjeld hier abgesetzt haben, und wenn wir bloß Regen bekommen, wird's wohl aufgehen, sollt' ich meinen.« — »Verrückt bist Du, und verrückt bleibst Du, so lange Du lebst;« sagte der Mann: »aber es mag drum sein! denn die Andern sind auch nicht klüger, als Du.«

11.
Einem Jeden gefallen seine Kinder am besten.

Ein Schütz ging einmal in einem Wald; da begegnete ihm die Bruchschnepfe. »Lieber Freund, schieß nicht meine Kinder!« sagte die Schnepfe. »Was sind denn das für welche, Deine Kinder?« fragte der Schütz. »Die schönsten Kinder, die im Wald gehen, sind meine,« antwortete die Schnepfe. »Ich will sie denn nicht schießen,« sagte der Schütz. Als er aber zurückkehrte, hatte er ein ganzes Bündel junge Bruchschnepfen, die er alle geschossen hatte, in der Hand. »Au! au! warum hast Du dennoch meine Kinder geschossen?« sagte die Schnepfe. »Waren diese denn Deine?« fragte der Schütz: »ich schoß die häßlichsten, die ich fand.« — »Ach ja,« antwortete die Schnepfe: »weißt Du denn nicht, daß einem Jeden seine Kinder am besten gefallen?«

12.
Eine Freiergeschichte.

Es war einmal ein Bursch, der ging aufs Freien aus. Da kam er unter anderm auch zu einem Kathen, wo die Leute in purer Armuth und Dürftigkeit lebten. Als aber der Freier kam, wollten sie gern wohlhabend scheinen, kannst Du glauben. Der Mann hatte einen neuen Ärmel in seine Jacke bekommen. »Setz Dich nieder!« sagte er zu dem Freier: »aber 's sieht hier überall so stäubig aus!« und damit ging er umher und wischte und stäubte mit seinem neuen Jackenärmel überall auf den Bänken und Tischen herum; den andern Arm aber hielt er auf den Rücken. Die Frau hatte einen neuen Schuh bekommen, und mit dem stieß sie an alle Bänke und Stühle. »Es liegt hier so Viel herum,« sagte sie: »es sieht hier so unordentlich aus.« Darauf riefen sie die Tochter, sie sollte hereinkommen und aufräumen. Die hatte eine neue Mütze bekommen und steckte den Kopf zur Thür herein und nickte: »Ich kann denn doch auch nicht überall sein,« sagte sie. Ja, das waren rechte Wohlstandsleute, zu denen der Freier gekommen war.

13.
Die drei Muhmen.

Es war einmal ein armer Mann, der wohnte in einer Hütte, weit weit weg in einem Walde, und ernährte sich mit der Jägerei. Er hatte eine einzige Tochter, die war außerordentlich schön. Da aber die Mutter schon früh gestorben, und das Mädchen nun schon halb erwachsen war, sagte sie eines Tages zu ihrem Vater, sie wolle sich bei andern Leuten in Dienst geben, damit sie lernen könne, sich hiernach selbst ihr Brod zu verdienen. »Ja, meine Tochter,« sagte der Vater: »Du hast bei mir freilich nichts Anders gelernt, als Vögel rupfen, aber Du magst es immerhin versuchen, Dir Dein Brod selbst zu verdienen.« Das Mädchen ging nun fort, um sich einen Dienst zu suchen, und als sie eine Weile gegangen war, kam sie zu einem Königsschloß; da blieb sie, und die Königinn mochte sie so wohl leiden, daß die andern Dirnen ganz neidisch auf sie wurden. Darum sagten sie eines Tages zu der Königinn, das Mädchen hätte sich gerühmt, ein Pfund Flachs in vier und zwanzig Stunden spinnen zu können; denn sie wussten, die Königinn hielt so viel auf Handarbeiten. »Ja, hast Du das gesagt, so sollst Du es auch,« sagte die Königinn zu ihr: »indessen macht es nichts, wenn Du auch etwas mehr Zeit dazu gebrauchst.« Das arme Mädchen wagte nicht, zu sagen, daß sie niemals gesponnen hätte, sondern bat nur um eine Kammer für sich allein; die bekam sie denn auch, und man brachte ihr einen Spinnrocken und Flachs. Da saß sie nun und war betrübt und weinte und konnte sich gar nicht rathen. Sie stellte den Rocken vor sich hin und kehrte und dreh'te ihn, aber sie wusste ganz und gar nicht, wie sie's anfangen sollte; denn sie hatte nie zuvor in ihrem Leben nur einmal einen Spinnrocken gesehen.

Als sie nun so betrübt da saß, trat eine alte Frau zu ihr ein. »Was fehlt Dir, mein Kind?« fragte sie. »Ach,« antwortete das Mädchen: »was kann es nützen, daß ich es Dir sage, denn Du kannst mir ja doch nicht helfen.« — »Man kann nicht wissen,« sagte die Frau: »es wäre doch möglich, daß ich Rath für Dich wüsste.« Ja, ich kann es ihr ja wohl sagen, dachte das Mädchen und erzählte ihr nun, wie ihre Mitdienerinnen ausgesagt hätten, sie habe sich gerühmt, ein Pfund Flachs in vier und zwanzig

Stunden spinnen zu können; »aber ich Arme!« sagte sie: »ich habe nie in meinem Leben einen Spinnrocken gesehen, geschweige denn, daß ich so Viel sollte in vier und zwanzig Stunden spinnen können.« — »Es mag nun drum sein, mein Kind!« sagte die Frau: »willst Du mich an Deinem Ehrentag Muhme nennen, so will ich den Flachs für Dich spinnen, und Du kannst Dich hinlegen und schlafen.« Ja, das wollte das Mädchen gern und ging hin und legte sich schlafen.

Am andern Morgen, als sie erwachte, lag aller Flachs gesponnen auf dem Tisch, und das so sauber und fein, daß man nie so schönes ebnes Garn noch gesehen hatte. Die Königinn freu'te sich sehr über das schöne Garn und hielt nun noch mehr von dem Mädchen, als vorher. Darüber wurden die andern noch neidischer auf sie und sagten nun zu der Königinn, jetzt hätte sie sich auch gerühmt, das Garn, das sie gesponnen, in vier und zwanzig Stunden weben zu können. Die Königinn sagte wieder, wenn sie das gesagt hätte, so solle sie es auch, aber es machte nichts, wenn sie auch nicht eben in vier und zwanzig Stunden damit fertig würde. Das Mädchen wagte auch diesmal nicht, ihre Ungeschicklichkeit zu bekennen, sondern bat nur um eine Kammer für sich allein, dann wollte sie es versuchen. Da saß sie nun wieder und war betrübt und weinte und wußte nicht, Was sie anfangen sollte. Es dauerte aber nicht lange, so trat wieder eine alte Frau herein und fragte: »Was fehlt Dir, mein Kind?« Das Mädchen wollte es ihr erst nicht sagen, aber zuletzt erzählte sie ihr denn, Was die Königinn von ihr verlangte. »Ei nun,« sagte die Frau: »es mag drum sein! willst Du mich an Deinem Ehrentag Muhme nennen, so will ich das Garn für Dich weben, und Du kannst Dich hinlegen und schlafen.« Ja, das wollte das Mädchen gern, und damit ging sie hin und legte sich schlafen. Als sie aufwachte, lag alles Garn so sauber und dicht gewebt auf dem Tisch, wie nur möglich. Sie brachte es nun der Königinn, und diese freu'te sich außerordentlich über die schöne Leinwand und hielt jetzt noch weit mehr von dem Mädchen, als zuvor. Aber darüber wurden die andern noch neidischer und erbitterter auf sie und dachten an nichts Anders, als Was sie jetzt angeben sollten, um ihr zu schaden.

Endlich verfielen sie darauf, zu der Königinn zu sagen, jetzt hätte sie sich auch gerühmt, all die Leinwand, die sie gesponnen, in vier und zwanzig Stunden zu Hemden aufnähen zu können. Es ging nun eben so, wie früher: das Mädchen wagte nicht, zu sagen, daß sie nicht nähen könne; sie erhielt wieder ihre Kammer für sich allein und saß da und war betrübt und weinte. Nun trat aber wieder eine alte Frau zu ihr ein und versprach ihr, die Leinwand für sie zu nähen, wenn sie sie an ihrem Ehrentag Muhme nennen wolle. Ja, das wollte das Mädchen gern und that wieder, wie die Frau ihr sagte, ging hin und legte sich schlafen. Am andern Morgen, als sie erwachte, war alle Leinwand zu Hemden aufgenäh't, die auf dem Tisch lagen; eine so schöne Naht hatte man aber noch nie gesehen, und die Hemden waren alle hübsch gezeichnet und völlig fertig. Als die Königinn die Arbeit sah, freu'te und verwunderte sie sich so sehr über die schöne Naht, daß sie die Hände über dem Kopf zusammenschlug. »Nein, eine so schöne Naht habe ich noch nie gesehen,« sagte sie, und von nun an hatte sie das Mädchen so lieb, wie ihr eignes Kind. »Wenn Du jetzt den Prinzen haben willst, so sollst Du ihn bekommen,« sagte sie zu dem Mädchen: »denn Du hast niemals nöthig, Etwas aus dem Hause zu geben, da Du Alles selbst spinnen und weben und auch nähen kannst.« Weil das Mädchen nun so schön war, und der Prinz sie gern leiden mochte, wurde auch sogleich die Hochzeit gehalten. Als sich aber der Prinz mit ihr zur Tafel gesetzt hatte, trat plötzlich ein altes häßliches Weib herein mit einer langen langen Nase — die war gewiß drei Ellen lang.

Da stand die Braut auf, ging auf die Alte zu und sagte: »Guten Tag, Muhme!« — »Ist das die Muhme meiner Braut?« fragte der Prinz. Ja, das wäre sie. »Ja, so müssen wir sie denn wohl mit bei Tafel sitzen lassen,« sagte der Prinz; aber er sowohl, als die Andern meinten doch, sie wäre gar zu garstig, um mit ihnen bei Tafel zu sitzen.

Nicht lange darnach trat wieder ein altes häßliches Weib ein, die hatte einen Allerwerthesten, so dick und so breit, daß sie nur mit genauer Noth zur Thür herein konnte. Sogleich stand die Braut auf und grüßte sie und sagte: »Guten Tag, Muhme!« und der Prinz fragte wieder, ob das auch eine Muhme seiner Braut wäre. »Ja,« antworteten beide, und sie mußte sich nun ebenfalls an die Tafel setzen.

Kaum aber hatte sie sich niedergesetzt, so trat wiederum ein altes häßliches Weib ein, mit Augen, so groß, wie ein Paar Teller, und so roth und fließend, daß es ganz abscheulich aussah. Die Braut stand wieder auf und grüßte sie und sagte: »Guten Tag, Muhme!« und der Prinz bat auch sie, sich an die Tafel zu setzen, aber er dachte bei sich selbst: »Gott steh mir bei wegen all der Muhmen, die meine Braut hat!« Als sie ein wenig gesessen hatten, konnte der Prinz sich nicht enthalten, zu sagen: »Wie in aller Welt kann doch meine Braut, die so schön ist, so hässliche und missgestaltne Muhmen haben!« — »Das will ich Dir sagen,« versetzte die eine: »ich war eben so schön, wie Deine Braut, da ich in ihrem Alter war; aber daß ich eine so lange Nase habe, kommt daher, weil ich so viel gesessen und gesponnen und dabei den Kopf beständig gerüttelt und geschüttelt habe; davon hat sich die Nase ausgedehnt und ist so lang geworden, wie Du sie jetzt siehst!« — »Und ich,« sagte die zweite: »ich habe von meiner Jugend an auf dem Webstuhl gesessen und immer hin und her gehuppelt; davon ist mein Allerwerthester so groß geworden und so angeschwollen, wie Du ihn jetzt siehst.« Darauf sagte die dritte: »Ich habe, seit ich ganz klein war, immer da gesessen und auf das Nähzeug gestiert; davon sind meine Augen so häßlich und roth geworden.« — »Na, so!« sagte der Prinz: »das war gut, daß ich das zu wissen bekam, wie die Leute von Dergleichen so häßlich werden können; so soll denn nun meine Braut auch in ihrem Leben nicht wieder spinnen, noch nähen, noch weben!«

14.
Der Sohn der Wittwe.

Es war einmal eine arme arme Wittwe, die hatte einen einzigen Sohn, für den quälte sie sich so lange ab, bis der Prediger ihn gefirmelt hatte. Da sagte sie, jetzt könne sie ihn nicht länger ernähren, er müsse nun fort und sich sein Brod selbst verdienen. Der Bursch wanderte darauf fort in die Welt, und als er eine gute Strecke Weges zurückgelegt hatte, begegnete ihm ein Mann, der fragte ihn, wo er hin wolle. »Ich will fort in die Welt und zusehen, ob ich nicht einen Dienst bekommen kann,« sagte der Bursch. »Willst Du bei mir dienen?« — »O ja, eben so gut bei Dir, als bei jedem Andern,« versetzte der Bursch. »Ja, Du sollst es gut bei mir haben,« sagte der Mann: »Du sollst mir bloß zur Gesellschaft sein, weiter verlange ich von Dir Nichts.« Der Bursch trat nun seinen Dienst bei dem Manne an; er führte ein herrliches Leben, hatte Essen und Trinken vollauf und nur Wenig oder gar Nichts zu thun; aber er sah sonst auch niemals eine Menschenseele.

Eines Tages sagte der Mann zu ihm: »Ich werde jetzt auf acht Tage verreisen; während der Zeit musst Du hier allein bleiben, aber Du darfst ja nicht in eins von diesen vier Zimmern gehen; thust Du das, so kostet es Dir das Leben, wenn ich zurückkomme.« — Nein, sagte der Bursch, er wollt's gewiß nicht thun. Als aber der Mann drei oder vier Tage fort gewesen war, konnte der Bursch sich nicht länger halten, sondern ging in das eine der Zimmer. Er sah sich hier überall um, aber bemerkte Nichts, als nur eine Borte über der Thür, und darauf lag eine Dornruthe. »Das ist auch was Rechtes, um es mir so strenge zu verbieten, in dies Zimmer zu gehen, wenn hier weiter Nichts zu sehen ist!« dachte der Bursch. Als die acht Tage um waren, kam der Mann wieder nach Hause. »Du bist doch auch wohl in keins von den Zimmern gegangen,« sagte er. »Nein, ganz und gar nicht,« sagte der Bursch. »Nun, das werde ich gleich sehen,« sagte der Mann, und darauf ging er grade in das Zimmer, in welchem der Bursch gewesen war. »Ja, Du bist doch drin gewesen,« sagte er, als er zurückkam: »und nun muß ich Dich tödten.« Aber der Bursch weinte und bat so lange, bis er doch zuletzt mit dem Leben davon kam; aber tüchtige Schläge erhielt er. Als er die ausgestanden hatte, waren sie wieder eben so gute Freunde, als zuvor.

Einige Zeit darnach verreis'te der Mann abermals; er sagte, daß er jetzt vierzehn Tage ausbleiben würde, und verbot dem Burschen wieder strenge, in irgend eins der Zimmer zu gehen, in welchen er noch nicht gewesen sei; aber in das, worin er schon gewesen, könne er immer wieder gehen, wenn er wolle. Es ging nun eben so, wie das vorige Mal, nur daß der Bursch sich jetzt acht Tage hielt, eh' er wieder in eines der verbotenen Zimmer ging. Er sah auch hier Nichts, als über der Thür eine Borte und darauf einen Feldstein und einen Wasserkrug. »Nun, das ist auch was Rechtes, um davor so bange zu sein!« dachte der Bursch. Als der Mann nach Hause kam, fragte er den Burschen wieder, ob er auch in irgend einem der Zimmer gewesen sei. Nein, sagte der Bursch, er wäre nicht drin gewesen. »Nun, das werde ich gleich sehen,« sprach der Mann, und da er nun sah, daß der Bursch dennoch drin gewesen war, sagte er: »Nun kann ich Dich nicht länger schonen, jetzt musst Du das Leben verlieren.« Aber der Bursch weinte und bat so lange, bis er denn zuletzt wieder mit einer Tracht Schläge davon kam, aber die war denn auch nicht schlecht. Als er sich davon erholt hatte, führte er wieder ein herrliches Leben; und er und der Mann waren wieder eben so gute Freunde, wie zuvor.

Einige Zeit darnach wollte der Mann abermals verreisen; er sagte, daß er jetzt drei Wochen abwesend sein würde, und schärfte dem Burschen ein, beileibe nicht in das dritte Zimmer zu gehen; wenn er es dennoch thäte, sagte er, könne er sich nur sogleich darauf gefasst machen, das Leben zu verlieren. Nach vierzehn Tagen konnte der Bursch sich nicht länger halten, sondern ging auch in das dritte Zimmer; er sah aber darin Nichts, als nur eine Fallthür am Fußboden. Als er die aufhob und hinuntersah, erblickte er einen großen kupfernen Kessel und drinnen pruttelte und kochte es, ohne daß Feuer darunter war. Ich möchte doch wissen, ob's wohl warm ist, dachte der Bursch und steckte den Finger hinein; als er ihn aber wieder herauszog, war er über und über vergoldet; er schabte und wusch ihn, aber die Vergoldung wollte nicht wieder ab; da band er einen Lappen darum. Als darauf der Mann nach Hause kam und ihn fragte, Was seinem Finger fehle, sagte der Bursch, er habe sich so arg geschnitten; aber da riß der Mann ihm den Lappen ab und sah nun sogleich, Was dem Finger fehlte. Erst wollte er den Burschen durchaus tödten; aber da dieser wieder so heftig weinte und so flehentlich bat, klopfte er ihn bloß so, daß er drei Tage lang zu Bette liegen mußte. Darauf nahm er einen Krug von der Wand, worin eine Salbe war, und bestrich damit den Burschen, worauf dieser sogleich wieder frisch und gesund aufstand.

Als einige Zeit vergangen war, wollte der Mann abermals verreisen und wollte nun einen ganzen Monat ausbleiben. Zu dem Burschen aber sagte er, wenn er es sich einfallen ließe, auch in das vierte Zimmer zu gehen, so könne er durchaus nicht hoffen, das Leben zu behalten; dieses Mal würde er ihn gewiß nicht schonen. Der Bursch hielt sich etwa drei ganze Wochen, aber länger konnt' er's nicht aushalten, sondern ging nun auch in das vierte Zimmer. Hierin stand ein großes Pferd mit einem Schmutztrog beim Kopf und einem Heutrog beim Schwanz. Dem Burschen däuchte das ungleich, und daher tauschte er um und setzte den Heutrog beim Kopf hin und den Schmutztrog beim Schwanz. Da sagte das Pferd: »Weil Du ein so gutes Herz hast und mir Etwas zu essen gönnst, will ich Dich erretten; denn kommt der Troll jetzt nach Hause und findet Dich hier noch vor, so tödtet er Dich ganz gewiß. Gehe aber nun in das Zimmer hier grade gegenüber und nimm eine von den Rüstungen; aber du darfst ja keine von den blanken nehmen, sondern Du sollst die allerrostigste nehmen, die Du da siehst, und auf gleiche Weise sollst Du auch Schwert und Sattel wählen.« Das that der Bursch; aber es war alles das sehr schwer für ihn zu tragen.

Als er mit den Sachen zurückkam, sagte das Pferd, nun solle er sich nackt auskleiden und in das Zimmer gehen, wo der Kessel stände und kochte, und in dem solle er sich gut baden. »Da werde ich wohl schön aussehen!« dachte der Bursch, aber er ging doch hin. Als er sich nun gebadet hatte, war er so schön und groß geworden und so roth und weiß, wie Milch und Blut, dazu weit stärker, als vorher. »Spürst Du eine Veränderung?« fragte ihn das Pferd. »Ja,« sagte der Bursch. »Dann versuch' einmal, ob Du mich aufheben kannst,« sagte das Pferd. Ja, das konnte der Bursch, und das Schwert konnte er schwingen, wie gar Nichts. Als das Pferd das sah, sprach es: »Lege mir jetzt den Sattel auf und Dir selbst die Rüstung an, und dann nimm die Dornruthe und den Stein und die Wasserflasche und den Salbenkrug; dann wollen wir fortreisen.«

Wie der Bursch das gethan hatte und auf das Pferd gestiegen war, ging es — hast Du mich nicht gesehen! auf und davon. Als der Bursch nun ein gutes Ende geritten war, sagte das Pferd: »Mir däucht, ich höre ein Geräusch; sieh Dich mal um, ob Du Etwas gewahr wirst.« — »Ich sehe Männer hinter uns,« sagte der Bursch: »wohl gegen zwanzig Stück.« — »Das ist der Troll,« sagte das Pferd: »er kommt mit seinen Leuten.«

Das Pferd trabte aber weiter, so lange bis Die, welche hinter ihnen waren, ganz nahe kamen. Da sagte das Pferd: »Wirf jetzt die Dornruthe hinter Dich, aber so weit Du nur kannst!« Das that der Bursch, und im selben Augenblick wuchs da ein großer dicker Dornwald auf. Nun ritt der Bursch wieder eine weite Strecke fort, während der Troll sich nach Hause begab, um Axt und Beil zu holen, damit er sich durch den Wald hauen könne. Endlich sagte das Pferd wieder: »Sieh Dich mal um, ob Du Etwas gewahr wirst.« — »Ja, eine große Menge,« sagte der Bursch: »wie eine ganze Kirchengemeine.« — »Ja, das ist wieder der Troll,« sagte das Pferd: »nun hat er noch mehr Leute mitgebracht. Wirf aber jetzt den Feldstein hinter Dich, aber so weit Du nur kannst.«

Als der Bursch das that, entstand plötzlich ein großer hoher Berg von Feldsteinen hinter ihnen. Nun mußte der Troll wieder nach Hause, um sich Geräthschaften zu holen, womit er sich durch den Berg minire, und während er das that, ritt der Bursch wieder eine gute Strecke weiter. Zuletzt sagte das Pferd wieder, er solle sich mal umsehen, ob er etwas gewahr würde; und als der Bursch sich nun umsah, bemerkte er ein ganzes Kriegsheer, und Alle trugen so blanke Rüstungen und Waffen, daß es nur so glitzerte. »Ja,« sagte das Pferd: »es ist wieder der Troll; nun hat er alle seine Leute mitgebracht. Gieß aber jetzt die Flasche mit Wasser hinter Dir aus; aber hüte Dich wohl, daß Du Etwas auf meinen Leib spritzest!« Das that der Bursch; aber wie sehr er sich auch in Acht nahm, so spritzte er doch einen Tropfen an den Schenkel des Pferdes. Augenblicklich entstand ein großes wogendes Wasser, und durch den Tropfen, den er auf das Pferd gespritzt hatte, kam dieses weit hinaus in dem Wasser zu stehen; aber es schwamm doch glücklich ans Land. Als der Troll nun zu dem Wasser kam, legte er sich mit allen seinen Leuten nieder, um es aufzutrinken, und da tranken sie so lange, bis sie barsten. »Nun sind wir sie quitt!« sagte das Pferd.

Als sie nun eine lange lange Zeit gereis't hatten, kamen sie zu einer grünen Ebene mitten in einem Walde. »Lege jetzt Deine Rüstung ab und zieh wieder Deine Lumpen an,« sagte das Pferd: »nimm mir dann den Sattel ab und laß mich frei und hänge Alles hier in die große hohle Linde hin; darnach musst Du Dir eine Perrücke von Tannenmoos machen, und geh dann hinauf zu des Königs Schloß, das hier in der Nähe liegt, und bitte dort um einen Dienst. Wenn Du mich dann nöthig hast, so komm bloß her und rüttle an dem Gebiß, dann werde ich zu Dir kommen.«

Ja, der Bursch that, wie das Pferd ihm gesagt hatte, und als er sich die Moosperrücke aufsetzte, war er so bleich und jämmerlich und elend anzusehen, daß Keiner ihn mehr erkennen konnte. Er ging nun zu dem Königsschloß, und da bat er zuerst um einen Dienst in der Küche; er wolle dem Koch Wasser und Holz zutragen, sagte er. Aber die Köchinn fragte ihn: »Warum hast Du die häßliche Perrücke auf? Nimm die ab,« sagte sie: »ich will sonst Nichts von Dir wissen, so häßlich Du aussiehst.« — »Das kann ich nicht,« sagte der Bursch: »denn mein Kopf ist nicht so recht rein.« — »Denkst Du, ich will Dich dann hier beim Essen haben, wenn es so mit Dir beschaffen ist?« sagte der Koch: »Geh hinunter zum Stallmeister! Du schickst Dich besser dazu, den Stall auszumisten.« Als aber der Stallmeister ihm sagte, er solle die Perrücke abnehmen, bekam dieser dieselbe Antwort, und nun wollte auch der ihn nicht behalten. »Du kannst zum Gärtner gehen,« sagte er: »Du schickst Dich besser dazu, in der Erde zu wühlen, Du.« Beim Gärtner durfte er denn endlich bleiben; aber Keiner von den andern Bedienten wollte mit ihm zusammenschlafen; darum mußte er denn allein schlafen unter der Treppe im Lusthause, das stand auf Stollen und hatte eine sehr große Treppe; darunter bekam er einiges Moos, und da lag er nun und schlief, so gut er konnte.

Als er nun eine Zeitlang im Königsschloß gewesen war, geschah es eines Morgens, als die Sonne aufging, daß er seine Moosperrücke abnahm und da stand und sich wusch, und da war er so schön, daß es eine Lust war, ihn anzusehen.

Die Prinzessinn sah durch ihr Fenster den wackern Gärtnerburschen, und es däuchte ihr, einen so schönen Menschen habe sie noch nie gesehen. Sie fragte den Gärtner, warum er dort draußen unter der Treppe liege. »O, es will Keiner von den andern Bedienten mit ihm zusammenschlafen,« sagte der. »Laß ihn heute Abend heraufkommen und bei der Thür drinnen in meiner Kammer liegen,« sagte die Prinzessinn: »so werden sie sich nachher wohl nicht weigern, mit ihm zusammenzuschlafen.« Der Gärtner sagte das dem Burschen. »Meinst Du aber, ich werde das thun?« sagte der: »man möchte nachher sagen, es wäre Etwas zwischen mir und der Prinzessinn.« — »Ja, Du hast auch wohl Ursache, Dich vor solchem Verdacht zu fürchten,« sagte der Gärtner: »so wacker wie Du bist.« — »Nun, wenn Ihr's denn so wollt, dann will ich es wohl thun,« sagte der Bursch. Als er nun am Abend die Treppe hinauf sollte, schlarfte er so mit seinen Schuhen, daß sie ihn bitten mußten, leise zu gehen, damit der König ihn nicht gewahr werde. Als er in die Kammer der Prinzessinn gekommen war, legte er sich sogleich bei der Thür nieder und fing an zu schnarchen. Da sagte die Prinzessinn zu ihrem Kammermädchen: »Schleich Dich zu ihm und nimm ihm die Moosperrücke ab.« Aber als sie sie ihm abnehmen wollte, erwachte der Bursch, hielt mit beiden Händen die Perrücke fest und sagte, die könne sie nicht bekommen. Darauf legte er sich wieder hin und schnarchte. Die Prinzessinn gab dem Mädchen wieder einen Wink, und diesmal gelang es ihr, ihm die Perrücke abzunehmen. Da lag nun der Bursch so schön und so roth und weiß, wie die Prinzessinn ihn in der Morgensonne gesehen hatte. Nachher schlief der Bursch jede Nacht in der Prinzessinn ihrer Kammer.

Es dauerte aber nicht lange, so erfuhr der König, daß der Bursch jede Nacht in der Prinzessinn ihrer Kammer schlief, und darüber ward er so erbittert, daß er ihn beinahe ums Leben gebracht hätte. Er warf ihn in einen finstern Thurm, und seine Tochter sperrte er auf ihr Zimmer ein, und sie durfte nicht heraus, weder Tag, noch Nacht; so viel sie auch weinte und für sich und den Burschen bitten mochte, es half Alles nichts, der König ward darüber nur noch mehr erbittert.

Einige Zeit darnach entstand Krieg und Unfriede im Lande, und der König mußte sich gegen einen andern König rüsten, der ihm sein Land wegnehmen wollte. Als der Bursch das hörte, bat er den Kerkermeister, zum König zu gehen und ihm die Erlaubniß auszuwirken, Harnisch und Schwert tragen zu dürfen und mit in den Krieg zu ziehen. Alle lachten laut auf, als der Kerkermeister seinen Auftrag anbrachte und den König um einiges altes Gerümpel zu einer Rüstung für den Burschen bat, damit sie doch die Lust haben könnten, zu sehen, wie der arme Wicht in den Krieg zöge. Na, das bekam er denn auch und dazu eine alte Kracke, die hinkte auf drei Beinen.

Sie zogen nun gegen den Feind aus; aber sie waren noch nicht weit von dem Königshof gekommen, als der Bursch mit seiner Kracke in einem Moor stecken blieb und hups'te und jups'te: »Hei, willst du auf! Hei, willst du auf!« Daran hatten die Andern recht ihre Lust und lachten und hatten den Burschen zum besten, als sie an ihm vorbeiritten. Aber kaum waren sie vorüber, so lief der Bursch zu der Linde, legte seine Rüstung an und rüttelte an dem Gebiß, und sogleich kam das Pferd an und sagte: »Thue Du nun Dein Bestes, dann werde ich das meinige thun.« Als der Bursch sie einholte, hatte die Schlacht schon begonnen, und der König war in einer schlimmen Klemme. Aber ehe man sich's versah, hatte der Bursch den Feind in die Flucht geschlagen. Der König und seine Leute wunderten sich und konnten nicht begreifen, Wer es nur sein mochte, der ihnen so gute Hülfe geleistet; denn Keiner war ihm so nahe gekommen, um mit ihm sprechen zu können, und als die Schlacht vorüber war, da war er verschwunden. — Wie sie nun zurückzogen, saß der Bursch noch in dem Moor und hups'te und jups'te auf seiner dreibeinigen Kracke. Da lachten Alle wieder. »Nein, seh nur Einer! da sitzt der Narr noch und hups't und jups't!« sagten sie.

Als sie am andern Tage auszogen, saß der Bursch noch da.

Sie lachten ihn wieder aus und machten sich über ihn lustig. Aber kaum waren sie vorüber, so lief der Bursch wieder zu der Linde, und Alles ging wieder grade so, wie den vorigen Tag. Alle wunderten sich und konnten nicht begreifen, was es für ein fremder Held sei, der ihnen Hülfe geleistet; denn Keiner war ihm wieder so nahe gekommen, um mit ihm sprechen zu können. Daß aber Niemand auf den Burschen rieth, versteht sich von selbst.

Als sie am Abend nach Hause zogen und sahen, daß der Bursch noch immer auf der Kracke saß, lachten sie ihn wieder aus, und Einer von ihnen schoß einen Pfeil auf ihn ab und traf ihn ins Bein. Da fing der Bursch gottsjämmerlich an zu schreien und zu lamentiren; aber der König warf ihm sein Taschentuch zu, und das band er sich um das Bein.

Als sie am dritten Morgen auszogen, saß der Bursch wieder im Moor. »Hei, willst du auf! Hei, willst du auf!« rief er zu der Kracke. »Nein, wahrhaftig! er wird da sitzen müssen, bis er todthungert!« sagten die Andern, als sie vorüberzogen, und machten sich wieder über ihn lustig. — Der Bursch lief aber wieder zu der Linde und kam eben in der Schlacht an, als Noth an den Mann ging. An diesem Tage tödtete er den feindlichen König, und damit war der Krieg auf einmal vorbei.

Nun aber erkannte der König den fremden Ritter sogleich an dem Taschentuch, das dieser sich um das Bein gebunden hatte; die vornehmsten Cavaliere nahmen ihn darauf in ihre Mitte und ritten mit ihm nach dem Königsschloß, und als die Prinzessinn ihn von ihrem Fenster aus sah, ward sie so froh, daß es gar nicht zu sagen ist. »Da kommt mein Bräutigam auch,« sagte sie. Er aber nahm den Salbenkrug und strich sich von der Salbe aufs Bein und bestrich auch alle Verwundeten damit, und da wurden sie augenblicklich alle wieder frisch und gesund. Hierauf bekam er die Prinzessinn zur Gemahlinn. Aber als er am Hochzeitstage in den Stall zu dem Pferd kam, stand dieses ganz betrübt da und wollte gar nicht fressen. Der junge König — denn er war jetzt König geworden und hatte das halbe Reich bekommen — fragte, Was ihm fehle. Da sagte das Pferd: »Jetzt hab' ich Dir durchgeholfen; aber nun will ich nicht länger leben. Nimm jetzt Dein Schwert und haue mir den Kopf ab!« — »Nein, das thu' ich nicht!« sagte der junge König: »Du sollst das beste Futter haben, das Du Dir wünschen magst, und sollst von nun an beständig in Ruhe leben.« — »Wenn Du nicht thun willst, Was ich Dir sage,« versetzte das Pferd: »dann muß ich Dich ums Leben bringen.« Da konnte der König nicht anders, sondern mußte thun, wie das Pferd wollte. Als er aber das Schwert aufhob, um zuzuhauen, da war er so betrübt, daß er das Gesicht wegkehren mußte, um den Hieb nicht zu sehen. Kaum aber hatte er ihm den Kopf abgeschlagen, so stand ein schöner Prinz da, wo vorher das Pferd gestanden hatte. »Wo in aller Welt kommst Du her?« fragte der König. »Ich war das Pferd,« antwortete der Prinz: »Ehedem war ich König in dem Lande, wo nachher der König regierte, den Du gestern in der Schlacht getödtet hast; er war es, der einen Zauberham auf mich geworfen und mich an den Trollen verkauft hatte. Weil er aber nun getödtet ist, bekomm' ich mein Reich zurück, und Du und ich werden Nachbarkönige; aber wir wollen nie mit einander Krieg führen.« Und das thaten sie denn auch nicht; sie blieben Freunde, so lange sie lebten, und kamen oft, einander zu besuchen.

15.
Die Tochter des Mannes und die Tochter der Frau.

Es war einmal ein Mann und eine Frau, die heiratheten einander, und jeder von ihnen hatte eine Tochter. Die Tochter der Frau war faul und träge und mochte nicht das Geringste thun; aber die Tochter des Mannes war fleißig und flink, und doch konnte sie der Stiefmutter nie Etwas zu Dank machen. Einmal sollten die beiden Mädchen am Brunnen sitzen und spinnen. Die Tochter der Frau aber bekam Flachs zu spinnen, und die Tochter des Mannes nichts Anders, als Schweinsborsten. »Du bist nun immer so flink und ferm, Du,« sagte die Tochter der Frau: »aber dennoch fürchte ich mich nicht, mit Dir um die Wette zu spinnen.« Sie wurden nun darüber einig, daß Der, dem zuerst der Faden auslief, in den Brunnen sollte. Wie sie nun anfingen zu spinnen, so lief der Tochter des Mannes zuerst der Faden aus, und die mußte nun in den Brunnen. Sie fiel unverletzt bis auf den Grund; dort unten aber sah sie weit um sich her eine schöne grüne Wiese.

Sie ging nun fort und kam zu einem Reiserzaun, da wollte sie hinüber. »O, tritt nicht so hart auf mich!« sagte der Zaun: »ich will Dir auch ein andermal wieder gefällig sein.« Sie machte sich nun so leicht, als sie konnte, und stieg so vorsichtig hinüber, daß sie den Zaun nicht einmal berührte.

Nun ging sie eine Strecke weiter und kam zu einer scheckigen Kuh, die einen Milcheimer an den Hörnern trug; es war eine große schöne Kuh, und ihr Euter war so voll und rund. »O, sei doch so gut und melke mich!« sagte die Kuh: »denn mir ist das Euter so straff von der Milch; trinke so Viel Du willst und gieße den Rest auf meinen Huf; ich will Dir auch ein andermal wieder gefällig sein.« Das Mädchen that, wie die Kuh sie gebeten hatte; sowie sie nur die Zitzen anfaßte, spritzte die Milch in den Eimer; sie trank darauf, bis sie ihren Durst gelöscht hatte, goß dann der Kuh den Rest auf den Huf, und den Eimer hängte sie ihr wieder an die Hörner.

Als sie ein Ende weiter gegangen war, begegnete ihr ein großer Schafbock, der war so dick und hatte so lange Wolle, daß er sie auf der Erde nachschleppen mußte, und an dem einen Horn hing eine große Schere. »O, sei doch so gut und scher' mich!« sagte der Bock: »denn ich erliege unter der Last meiner Wolle, und mir ist so heiß, daß ich beinahe ersticken möchte; nimm so Viel Du willst und wirre mir den Rest um den Hals; ich will Dir auch ein andermal wieder gefällig sein.« Das Mädchen zeigte sich sogleich bereit, zu thun, wie der Bock sie gebeten hatte, und dieser legte sich von selbst auf ihren Schoß, und da lag er ganz still; und sie schor ihn so behutsam, daß sie ihn auch nicht ein einziges Mal ins Fell schnitt. Darauf nahm sie von der Wolle so Viel sie wollte, und den Rest wirrte sie dem Bock um den Hals.

Etwas weiter hin kam sie zu einem Apfelbaum, der war so voll von Äpfeln, daß die Zweige sich zur Erde niederbogen, und an dem Stamm stand eine kleine Stange. »O, sei doch so gut und pflücke meine Äpfel ab!« sagte der Baum: »damit meine Zweige sich in die Höhe richten können; es ist so beschwerlich, immer so krumm zu stehen; die Du nicht mit der Hand erreichen kannst, schlage mit der Stange ab, aber schlage ja vorsichtig, damit Du mich nicht zu Schanden schlägst; iß dann so Viel Du willst und lege den Rest hübsch ordentlich unten an meinen Stamm hin; ich will Dir auch ein andermal wieder gefällig sein.« Das Mädchen pflückte nun so viel Äpfel ab, als sie mit der Hand erreichen konnte, und die übrigen schlug sie vorsichtig mit der Stange herunter; darauf aß sie sich satt und legte den Rest noch so sauber und nett unten an den Stamm hin.

Sie ging nun eine gute Strecke weiter, und endlich kam sie zu einem großen Hause, wo ein Trollweib mit ihrer Tochter wohnte. Da ging sie hinein und fragte, ob sie nicht einen Dienst bekommen könnte. »O, es kann nichts nützen,« sagte das Trollweib: »denn wir haben schon Viele gehabt, aber Keine von ihnen hat was getaugt.« Das Mädchen aber bat so artig und so flehentlich, sie doch in Dienst zu nehmen, bis sie sie denn endlich nahmen; und nun gab das Trollweib ihr ein Sieb und befahl ihr, Wasser darin zu holen. Es däuchte dem Mädchen zwar etwas ungereimt, Wasser in einem Sieb zu holen, aber sie sagte doch Nichts, sondern ging willig hin, und als sie zu dem Brunnen kam, sangen die Vöglein:

»Kleb' mit Lehm,
Stopf mit Stroh!
Kleb' mit Lehm,
Stopf mit Stroh!«

Ja, das that sie, und nun konnte sie das Wasser in dem Sieb tragen. Aber als sie damit nach Hause kam, sagte das Trollweib: »Das hast Du nicht aus Dir selber.«

Darauf sollte sie in den Stall gehen und ihn ausmisten und die Kühe melken. Als sie aber hineinkam, stand da eine Schaufel, die war so groß und so schwer, daß sie sie auf keine Weise handthieren, ja nicht einmal aufheben konnte. Sie wußte nun gar nicht, wie sie's anfangen sollte. Aber die Vögel sangen, sie solle nur Etwas mit dem Besenstiel hinauswerfen, dann würde all das Übrige nachfliegen. Kaum hatte sie das gethan, so war der Stall auf einmal so rein, als wäre er noch so sauber gemistet und gefegt. Jetzt wollte sie die Kühe melken; aber die waren so unruhig und schlugen und stießen, so daß sie gar nicht dazu gelangen konnte, sie zu melken. Aber da sangen die Vöglein draußen wieder:

»Kleinen Trunk,
Kleinen Strahl
Stripp zu den Vöglein
Allzumal!«

Ja, das that sie, sie strippte einen kleinen Strahl hinaus zu den Vöglein. Da standen alle Kühe still und ließen sich von ihr melken, ohne zu schlagen, oder zu stoßen, sie hoben nicht einmal das Bein auf.

Als das Trollweib sie mit der Milch ankommen sah sagte sie wieder: »Das hast Du nicht aus Dir selber. Aber nun kannst Du die schwarze Wolle nehmen, die da liegt, und sie weiß waschen.« Das Mädchen wußte wieder gar nicht, wie sie das anfangen sollte; denn sie hatte nie gesehen, daß Jemand schwarze Wolle weiß waschen konnte; aber sie sagte Nichts, sondern nahm die Wolle und ging damit zu dem Brunnen. Da sangen die Vöglein, sie solle die Wolle in den großen Zuber werfen, der da stände, dann würde sie wohl weiß werden.

»Nein, nein,« sagte das Trollweib, als das Mädchen mit der Wolle ankam: »mit Dir hilft es nichts; denn Du kannst ja Alles ausrichten, was man Dir sagt, und ärgerst mich zuletzt noch zu Tode. Es ist am besten, Du erhältst Deinen Reisepaß.«

Nun setzte das Trollweib drei Schreine hin, einen rothen, einen grünen und einen blauen, und von diesen sollte es dem Mädchen erlaubt sein, als Lohn für ihren Dienst, sich einen zu wählen, welchen sie wollte. Das Mädchen wußte nun gar nicht, welchen sie wählen sollte; aber da sangen die Vöglein:

»Nimm nicht den grünen,
Nimm nicht den rothen,
Den blauen nimm jetzt,
Auf welchen wir haben
Drei Kreuze gesetzt.«

Da nahm sie den blauen, so wie die Vöglein gesungen hatten. »Twi Dich an!« sagte das Trollweib: »das sollst Du mir entgelten!« Als das Mädchen nun fortgehen wollte, warf das Trollmensch eine glühende Eisenstange hinter sie drein; aber das Mädchen sprang schnell hinter die Thür, so daß sie nicht getroffen ward, denn so hatten die Vöglein es ihr gesungen. Sie ging nun fort, so schnell sie konnte; aber als sie zu dem Apfelbaum kam, hörte sie ein entsetzliches Geräusch hinter sich auf dem Wege; es war nämlich das Trollweib mit ihrer Tochter, welche ihr nachkamen. Dem Mädchen ward so angst und bange, daß sie sich gar nicht zu lassen wußte: »Komm,« sagte der Apfelbaum: »ich will Dir helfen; verbirg Dich schnell unter meine Zweige; denn wenn sie Dich erwischen, nehmen sie Dir den Schrein weg und zerreißen Dich.« Das that sie denn auch. Kaum aber hatte sie sich versteckt, so kam schon das Trollweib mit ihrer Tochter an: »Hast Du nicht eine Dirne hier gehen sehen?« fragte das Trollweib. »Ja wohl,« sagte der Apfelbaum: »es lief hier eine vor einer Weile vorüber; aber die ist nun schon weit weg, die könnt Ihr nicht mehr einholen.« Da kehrte das Trollweib wieder um und ging nach Hause.

Das Mädchen setzte nun ihren Weg fort; aber als sie zu dem Bock kam, hörte sie wieder ein so entsetzliches Geräusch, daß sie sich gar nicht zu lassen wußte, so angst ward ihr; denn sie konnte sich wohl denken, daß es das Trollweib war, das sich bedacht hatte. »Komm, ich will Dir helfen,« sagte der Bock: »verbirg Dich schnell unter meiner Wolle, dann sieht sie Dich nicht; sonst nimmt sie Dir den Schrein weg und zerreißt Dich.«

Kaum hatte sie sich verborgen, so kam auch schon das Trollweib angestoben. »Hast Du nicht eine Dirne hier gehen sehen?« fragte sie den Bock. »Ja wohl,« sagte der Bock: »ich sah eine vor einer Weile; aber sie lief so schnell, daß Du sie nicht wieder einholst.« Da kehrte das Trollweib wieder um und ging nach Hause.

Als das Mädchen nun weiter bis zu der Kuh gekommen war, hörte sie wieder ein entsetzliches Geräusch auf dem Wege. »Komm,« sagte die Kuh: »ich will Dir helfen; verbirg Dich schnell unter mein Euter; sonst kommt das Trollweib und nimmt Dir den Schrein weg und zerreißt Dich.« Es dauerte nicht lange, so kam das Weib an. »Hast Du nicht eine Dirne hier gehen sehen?« fragte sie. »Ja, ich sah eine vor einer Weile,« sagte die Kuh: »aber die ist nun schon weit weg, denn sie lief so schnell; die holst Du nicht mehr ein.« Das Trollweib kehrte nun wieder um und ging nach Hause.

Als das Mädchen nun ein gutes Ende weiter gegangen und nicht mehr weit von dem Reiserzaun war, hörte sie wieder ein so entsetzliches Geräusch auf dem Wege, daß ihr angst und bange ward; denn sie wußte nun wohl, daß es wieder das Trollweib war, das sich bedacht hatte. »Komm, ich will Dir helfen,« sagte der Zaun: »kriech schnell unter meine Reiser, daß sie Dich nicht sieht; sonst nimmt sie Dir den Schrein weg und zerreißt Dich.« Sie kroch nun schnell unter die Reiser des Zauns. »Hast Du nicht eine Dirne hier gehen sehen?« fragte das Trollweib, als sie zu dem Zaun kam. »Nein, ich habe keine Dirne gesehen,« antwortete der Zaun und war so erbittert, daß er knisterte, und dann machte er sich so groß, daß gar nicht daran zu denken war, hinüber zu kommen. Es war nun kein andrer Rath für das Trollweib, sie mußte wieder umkehren und nach Hause gehen.

Als nun aber das Mädchen wieder zu Hause ankam, waren die Stiefmutter und ihre Tochter nur noch neidischer auf sie; denn jetzt war das Mädchen noch weit stattlicher und so schön, daß es eine Lust war, sie anzusehen. Sie durfte aber nicht drinnen bei ihnen in der Stube bleiben, sondern sie jagten sie hinaus in den Schweinstall, da sollte sie wohnen. Hier wusch das Mädchen nun Alles sauber und rein, und darnach machte sie den Schrein auf, um zu sehen, Was sie zum Lohn bekommen hatte, und als sie den Schrein aufgemacht hatte, fand sie darin so viel Gold und Silber und so viel andre kostbare Sachen, daß sie sowohl die Wände, als den Boden damit behängen konnte; und es sah nun weit herrlicher in dem Schweinstall aus, als in dem prächtigsten Königsschloß. Als die Stiefmutter und ihre Tochter das sahen, waren sie ganz außer sich und fragten das Mädchen, wie denn ihr Dienst ausgefallen sei. »O, das könnt Ihr Euch wohl vorstellen,« sagte sie: »da ich einen so guten Lohn bekommen habe; es waren solche Leute und eine solche Frau, daß man Ihresgleichen nicht mehr findet.«

Da wollte nun die Tochter der Stiefmutter auch fort und dienen, damit sie auch einen solchen Goldschrein bekäme. Beide Mädchen setzten sich nun wieder hin, um zu spinnen; aber da sollte die Tochter der Frau Schweinsborsten spinnen, und die Tochter des Mannes Flachs, und Wem zuerst der Faden auslief, der sollte in den Brunnen. Es dauerte nicht lange, so lief der Frau ihrer Tochter der Faden aus, wie man sich wohl denken kann, und da warfen sie sie in den Brunnen.

Nun geschah es eben so, wie vorhin mit der Tochter des Mannes: sie fiel hinab bis auf den Grund, ohne Schaden zu nehmen, und befand sich nun auf einer schönen grünen Wiese. Als sie eine Strecke weit gegangen war, kam sie zu dem Reiserzaun. »Tritt nicht so hart auf mich! ich will Dir auch ein andermal wieder gefällig sein,« sagte der Zaun. »Ei, was scher' ich mich um einen alten Reiserhaufen!« sagte sie und trat auf den Zaun, daß es nur so knackte.

Etwas später kam sie zu der Kuh, deren Euter so straff von der Milch war. »O, sei doch so gut und melke mich!« sagte die Kuh: »ich will Dir auch ein andermal wieder gefällig sein; trinke so Viel Du willst, und gieße dann den Rest auf meinen Huf.« Ja, das that sie, sie melkte die Kuh und trank so Viel sie vermochte; dann aber war Nichts mehr übrig, das sie auf den Huf gießen konnte; den Eimer schleuderte sie über den Hügel und ging fort.

Als sie nun eine Strecke weiter gegangen war, kam sie zu dem Bock, welcher die Wolle nach sich schleppte. »O, sei doch so gut und scher' mich! ich will Dir auch ein andermal wieder gefällig sein,« sagte der Bock: »nimm so Viel von der Wolle, als Du willst, und wirre mir dann den Rest um den Hals.« Das that sie; aber sie benahm sich dabei so ungeschickt, daß sie dem Bock große Stücke aus dem Fell schnitt, und all die Wolle nahm sie mit.

Ein wenig darnach kam sie zu dem Apfelbaum, der wieder ganz krumm unter der Last seiner Frucht stand. »O, sei doch so gut und pflücke meine Äpfel ab,« sagte der Apfelbaum: »damit meine Zweige sich wieder aufrichten können! denn es ist so beschwerlich, hier so krumm zu stehen; aber nimm Dich in Acht, daß Du mir keinen Schaden thust; iß so Viel Du willst, und lege dann den Rest hübsch ordentlich unten an meinen Stamm hin.« Sie pflückte nun die nächsten Äpfel ab, und die sie nicht mit der Hand erreichen konnte, schlug sie mit der Stange herunter; aber sie kümmerte sich weiter um Nichts, riß und schlug große Zweige mit ab und aß so lange, bis sie zuletzt nicht mehr konnte, und dann warf sie den Rest hulterpulter unter den Baum hin.

Als sie nun noch ein kleines Ende weiter gegangen war, kam sie zu dem Hause, wo das Trollweib wohnte; da bat sie um einen Dienst. Das Trollweib sagte, sie wolle kein Dienstmädchen haben; denn entweder taugten sie nichts, oder sie wären auch allzu flink und betrögen sie um ihr Eigenthum. Aber das Mädchen ließ sich damit nicht abweisen, sondern sagte, sie wolle und müsse bei ihr dienen. Da sagte denn das Trollweib zuletzt, ja, sie wolle sie in Dienst nehmen, wenn sie zu Etwas tauge.

Das Erste, was sie zu thun bekam, war, Wasser im Sieb zu holen. Ja, sie ging auch zu dem Brunnen und schöpfte Wasser ins Sieb; aber sowie sie es oben hineinschöpfte, lief es unten immer wieder heraus. Da sangen die Vöglein:

»Kleb' mit Lehm,
Stopf mit Stroh!
Kleb' mit Lehm,
Stopf mit Stroh!«

Aber sie bekümmerte sich nicht um Das, was die Vögel sangen, sondern warf mit dem Lehm nach ihnen, so daß sie davon flogen; und sie mußte mit dem leeren Sieb wieder nach Hause gehen und bekam Gnickpümpe von dem Trollweib obendrein. Darauf sollte sie den Stall ausmisten und die Kühe melken. Dazu däuchte sie sich nun zwar viel zu gut, aber sie ging doch hin. Als sie in den Stall kam, konnte sie jedoch auf keine Weise die Schaufel handthieren, denn die war viel zu schwer und zu groß für sie. Die Vögel sagten ihr nun eben Das, was sie der Tochter des Mannes gesagt hatten, sie solle ein Wenig mit dem Besenstiel hinauswerfen, dann würde all das Übrige nachfliegen; aber sie nahm den Besen und warf damit nach den Vögeln. Als sie darauf die Kühe melken wollte, waren diese so unruhig und schlugen und stießen, und so oft sie ein Wenig in den Eimer bekommen hatte, schlugen sie ihn immer wieder um. Da sangen die Vögel:

»Kleinen Trunk,
Kleinen Strahl
Stripp zu den Vöglein
Allzumal!«

Aber sie bumps'te und schlug die Kühe, warf nach den Vögeln mit Allem, was ihr in die Hände kam, und hielt eine Wirthschaft, daß es ganz entsetzlich war. Damit hatte sie aber, als sie zurückkam, weder den Stall ausgemistet, noch die Kühe gemelkt, und bekam nun tüchtige Hiebe und Schelte von dem Trollweib. Darnach sollte sie die schwarze Wolle weiß waschen; aber damit ging es um Nichts besser. Das war endlich dem Trollweib allzu arg. Nein, ein solches Dienstmädchen konnte sie nicht gebrauchen, denn sie taugte ja zu Nichts. Sie setzte aber drei Schreine hin, einen rothen, einen grünen und einen blauen; denn ihren Lohn sollte sie gleichwohl haben und sich einen von den drei Schreinen auswählen, den sie selbst wollte. Da sangen die

Vögel:

»Nimm nicht den grünen,
Nimm nicht den rothen,
Den blauen nimm jetzt,
Auf welchen wir haben
Drei Kreuze gesetzt.«

Aber sie bekümmerte sich nicht um Das, was die Vögel sangen, sondern nahm den rothen, der am meisten schimmerte. Darnach begab sie sich auf den Weg und ging nach Hause. Sie durfte aber in guter Ruhe gehen; denn es war Niemand, der sie verfolgte. Als sie zu Hause ankam, war die Mutter sehr erfreu't, und sie gingen beide sogleich in die große Stube und setzten da den Schrein hin; denn sie glaubten, es wäre nichts Anders, als lauter Gold und Silber drin, und meinten, sie wollten Wände und Boden damit vergolden; als sie ihn aber aufmachten, wimmelte lauter Gewürm und Ungeziefer hervor, und so oft das Mädchen den Mund aufthat, fielen Würmer und Kröten und all das Ungeziefer heraus, das man sich nur denken kann, so daß es zuletzt nicht mehr möglich war, mit ihr in einem Hause auszudauern. Das war der Lohn, den sie für ihren Dienst bei dem Trollweib bekommen hatte.

16.
Hähnchen und Hühnchen im Nußwald.

Hähnchen und Hühnchen gingen einmal in den Nußwald, um sich Nüsse zu pflücken; da bekam Hühnchen eine Nußschale in den Hals und lag nun da und zappelte und schlug mit den Flügeln. Nun sollte Hähnchen hinlaufen und dem Hühnchen Wasser aus der Quelle holen. Hähnchen lief auch hin, und als er zur Quelle kam, sagte er: »Quelle, gieb mir Wasser, das Wasser geb' ich Hühnchen, meinem Schatz, das liegt auf den Tod im Nußwald.« Die Quelle aber antwortete: »Ich geb' Dir kein Wasser eh' Du mir nicht Laub giebst.« Da lief Hähnchen zur Linde: »Linde, gieb mir Laub, das Laub geb' ich der Quelle, die Quelle giebt mir Wasser, das Wasser geb' ich Hühnchen, meinem Schatz, das liegt auf den Tod im Nußwald.« — »Ich geb' Dir kein Laub, eh' Du mir nicht rothes Goldband giebst,« antwortete die Linde. Da lief Hähnchen zur Jungfrau Maria: »Jungfrau Maria, gieb mir rothes Goldband, das rothe Goldband geb' ich der Linde, die Linde giebt mir Laub, das Laub geb' ich der Quelle, die Quelle giebt mir Wasser, das Wasser geb' ich Hühnchen, meinem Schatz, das liegt auf den Tod im Nußwald.« — »Ich geb' Dir kein rothes Goldband, eh' Du mir nicht Schuhe giebst,« antwortete die Jungfrau Maria. Da lief Hähnchen zum Schuster: »Schuster, gieb mir Schuh', die Schuh' geb' ich der Jungfrau Maria, die Jungfrau Maria giebt mir rothes Goldband, das rothe Goldband geb' ich der Linde, die Linde giebt mir Laub, das Laub geb' ich der Quelle, die Quelle giebt mir Wasser, das Wasser geb' ich Hühnchen, meinem Schatz, das liegt auf den Tod im Nußwald.« — »Ich geb' Dir keine Schuh', eh' Du mir nicht Borsten giebst,« antwortete der Schuster. Da lief Hähnchen zum Eber: »Eber, gieb mir Borsten, die Borsten geb' ich dem Schuster, der Schuster giebt mir Schuh', die Schuh' geb' ich der Jungfrau Maria, die Jungfrau Maria giebt mir rothes Goldband, das rothe Goldband geb' ich der Linde, die Linde giebt mir Laub, das Laub geb' ich der Quelle, die Quelle giebt mir Wasser, das Wasser geb' ich Hühnchen, meinem Schatz, das liegt auf den Tod im Nußwald.« — »Ich geb' Dir keine Borsten, eh' Du mir nicht Korn giebst,« antwortete der Eber. Da lief Hähnchen zum Drescher: »Drescher, gieb' mir Korn, das Korn geb' ich dem Eber, der Eber giebt mir Borsten, die Borsten geb' ich dem Schuster, der Schuster giebt mir Schuh', die Schuh geb' ich der Jungfrau Maria, die Jungfrau Maria giebt mir rothes Goldband, das rothe Goldband geb' ich der Linde, die Linde giebt mir Laub, das Laub geb' ich der Quelle, die Quelle giebt mir Wasser, das Wasser geb' ich Hühnchen, meinem Schatz, das liegt auf den Tod im Nußwald.«

— »Ich geb' Dir kein Korn, eh' Du mir nicht Brod giebst,« antwortete der Drescher. Da lief Hähnchen zur Backfrau: »Backfrau, gieb mir Brod, das Brod geb' ich dem Drescher, der Drescher giebt mir Korn, das Korn geb' ich dem Eber, der Eber giebt mir Borsten, die Borsten geb' ich dem Schuster, der Schuster giebt mir Schuh', die Schuh' geb' ich der Jungfrau Maria, die Jungfrau Maria giebt mir rothes Goldband, das rothe Goldband geb' ich der Linde, die Linde giebt mir Laub, das Laub geb' ich der Quelle, die Quelle giebt mir Wasser, das Wasser geb' ich Hühnchen, meinem Schatz, das liegt auf den Tod im Nußwald.« — »Ich geb' Dir kein Brod, eh' Du mir nicht Holz giebst,« antwortete die Backfrau. Da lief Hähnchen zum Holzhauer: »Holzhauer, gieb mir Holz, das Holz geb' ich der Backfrau, die Backfrau giebt mir Brod, das Brod geb' ich dem Drescher, der Drescher giebt mir Korn, das Korn geb' ich dem Eber, der Eber giebt mir Borsten, die Borsten geb' ich dem Schuster, der Schuster giebt mir Schuh', die Schuh' geb' ich der Jungfrau Maria, die Jungfrau Maria giebt mir rothes Goldband, das rothe Goldband geb' ich der Linde, die Linde giebt mir Laub, das Laub geb' ich der Quelle, die Quelle giebt mir Wasser, das Wasser geb' ich Hühnchen, meinem Schatz, das liegt auf den Tod im Nußwald.« — »Ich geb' Dir kein Holz, eh' Du mir nicht eine Axt giebst,« antwortete der Holzhauer. Da lief Hähnchen zum Schmied: »Schmied, gieb mir 'ne Axt, die Axt geb' ich dem Holzhauer, der Holzhauer giebt mir Holz, das Holz geb' ich der Backfrau, die Backfrau giebt mir Brod, das Brod geb' ich dem Drescher, der Drescher giebt mir Korn, das Korn geb' ich dem Eber, der Eber giebt mir Borsten, die Borsten geb' ich dem Schuster, der Schuster giebt mir Schuh', die Schuh' geb' ich der Jungfrau Maria, die Jungfrau Maria giebt mir rothes Goldband, das rothe Goldband geb' ich der Linde, die Linde giebt mir Laub, das Laub geb' ich der Quelle, die Quelle giebt mir Wasser, das Wasser geb' ich Hühnchen, meinem Schatz, das liegt auf den Tod im Nußwald.«

— »Ich geb' Dir keine Axt, eh' Du mir nicht Kohlen giebst,« antwortete der Schmied. Da lief Hähnchen zum Köhler: »Köhler, gieb mir Kohlen, die Kohlen geb' ich dem Schmied, der Schmied giebt mir 'ne Axt, die Axt geb' ich dem Holzhauer, der Holzhauer giebt mir Holz, das Holz geb' ich der Backfrau, die Backfrau giebt mir Brod, das Brod geb' ich dem Drescher, der Drescher giebt mir Korn, das Korn geb' ich dem Eber, der Eber giebt mir Borsten, die Borsten geb' ich dem Schuster, der Schuster giebt mir Schuh', die Schuh' geb ich der Jungfrau Maria, die Jungfrau Maria giebt mir rothes Goldband, das rothe Goldband geb' ich der Linde, die Linde giebt mir Laub, das Laub geb' ich der Quelle, die Quelle giebt mir Wasser, das Wasser geb' ich Hühnchen, meinem Schatz, das liegt auf den Tod im Nußwald.« Da jammerte den Köhler das Hähnchen, und er gab ihm Kohlen. Nun bekam der Schmied Kohlen, und der Holzhauer eine Axt, und die Backfrau Holz, und der Drescher Brod, und der Eber Korn, und der Schuster Borsten, und die Jungfrau Maria Schuh', und die Linde rothes Goldband, und die Quelle Laub, und Hähnchen Wasser, und das gab er Hühnchen, seinem Schatz, das auf den Tod im Nußwald lag; da ward Hühnchen wieder gesund.

17.
Der Bär und der Fuchs.

a) *Warum der Bär einen Stumpfschwanz hat.*

Dem Bären begegnete einmal der Fuchs, der mit einem Bündel Fische angeschlichen kam, die er gestohlen hatte. »Wo hast Du die her?« fragte der Bär. »Die hab' ich mir geangelt, Herr Bär,« versetzte der Fuchs. Da bekam der Bär auch Lust, das Angeln zu lernen, und bat den Fuchs, ihm doch zu sagen, wie er es machen müßte. »Das ist eine leichte Kunst und sehr bald gelernt,« erwiederte der Fuchs: »Du musst nur aufs Eis gehen, Dir ein Loch hauen und den Schwanz hineinstecken, und dann musst Du ihn recht lange drein halten und Dich nicht darum bekümmern, wenn's ein bischen weh thut; denn das ist ein Zeichen, daß Fische dran beißen; und je länger Du's aushalten kannst, desto mehr Fische bekommst Du; aber wenn's zuletzt recht tüchtig kneipt, dann musst Du aufziehen.« Ja, der Bär that, wie der Fuchs ihm gesagt hatte, und hielt den Schwanz so lange ins Loch, bis er darin festgefroren war. Da zog er auf — den Schwanz ab, und nun geht er noch da den heutigen Tag mit einem Stumpfschwanz.

b) *Wie der Fuchs den Bären ums Weihnachtsessen prellt.*

Der Bär und der Fuchs hatten sich einmal zusammen ein Viertel Butter gekauft, das wollten sie zum Weihnachten haben und verwahrten es daher unter einen dicken Tannenbusch. Darauf gingen sie fort und legten sich auf einem Hügel in der Sonne schlafen. Als sie eine Weile gelegen hatten, sprang der Fuchs auf und rief: »Ja!« und damit lief er gradesweges zu dem Butterviertel, wovon er gut den dritten Theil auffraß. Als er aber zurückkam, und der Bär ihn fragte, wo er gewesen sei, daß er so fett ums Maul wäre, sagte er: »Meinst Du denn nicht, ich sei zu Gevatter gebeten, Du?« — »Na so!« sagte der Bär: »wie hieß denn das Kind?« — »Angefangen,« sagte der Fuchs.

Damit legten sie sich wieder schlafen. Nach einer Weile sprang der Fuchs abermals auf und rief: »Ja!« und lief wieder zu dem Butterviertel. Als er zurückkam, und der Bär ihn fragte, wo er gewesen sei, antwortete er: »Ach, wurde ich denn nicht wieder zu Gevatter gebeten, Du!« — »Wie hieß jetzt das Kind?« fragte der Bär. »Halbverzehrt,« antwortete der Fuchs.

Der Bär meinte, das wär' ein hübscher Name; aber es dauerte nicht lange, so fing er wieder an zu gähnen und schlief ein. Als er nun ein Weilchen gelegen hatte, ging es wieder eben so, wie die beiden vorigen Male: Der Fuchs sprang wieder auf und rief: »Ja!« lief zu dem Butterviertel und fraß nun auch den letzten Rest auf. Wie er zurückkam, war er wieder zu Kindtauf gewesen, und als der Bär wissen wollte, wie das Kind hieß, antwortete er: »Den-Boden-geleckt.« Damit legten sie sich wieder zur Ruhe und schliefen beide eine gute Weile. Darnach wollten sie hingehen und sich nach ihrer Butter umsehen. Als es sich nun aber fand, daß sie rein aufgezehrt war, beschuldigte der Bär dafür den Fuchs, und der Fuchs beschuldigte wieder den Bären, und der Eine behauptete immer, der Andre sei bei der Butter gewesen, während er da gelegen habe und geschlafen. »Nun,« sagte Reineke: »wir wollen's bald erfahren, Wer von uns die Butter gestohlen hat: wir wollen uns jetzt wieder auf dem Hügel schlafen legen, und Wer dann am fettsten unten beim Schwanz ist, wenn wir aufwachen, der hat sie gestohlen.« Ja, der Bär wollte gleich auf die Probe eingehen, und weil er bei sich selbst wußte, daß er die Butter nicht einmal gekostet hatte, legte er sich ganz ruhig auf dem Hügel schlafen. Da schlich Reineke sich aber fort nach dem Viertel und erwischte noch ein Klümpchen Butter, das in einer Ritze sitzen geblieben war; damit schlich er sich zurück zu dem Bären, bestrich ihn mit der Butter unten beim Schwanz und legte sich dann wieder schlafen, als wüßte er von Nichts. Als nun beide aufwachten, hatte die Sonne die Butter geschmelzt, und da war's denn gleichwohl der Bär, der die Butter gefressen hatte.

18.
Gudbrand vom Berge.

Es war einmal ein Mann, der hieß Gudbrand; der hatte ein Gehöft, das lag weit weg am Abhang eines Berges, und darum nannten die Leute ihn Gudbrand vom Berge. Er lebte aber mit seiner Frau so zufrieden und verträglich zusammen, daß Alles, was der Mann that, der Frau so wohl gethan däuchte, daß es nimmermehr besser gemacht werden könne; wie er's auch anfangen mochte, sie mußte sich immer darüber freuen. Sie besaßen ihr Stück Ackerland, hatten hundert Thaler in der Kiste liegen, und im Stall hatten sie zwei Kühe im Joch stehen. Da sagte die Frau eines Tages zu Gudbrand: »Mir däucht, wir sollten die eine Kuh zur Stadt bringen und sie verkaufen, damit wir doch ein paar Ausgebeschillinge bekämen; wir sind so brave Leute und sollten doch ein paar Schillinge unter den Händen haben, so wie andre Leute es haben; die hundert Thaler in der Kiste dürfen wir nicht angreifen, und ich weiß nicht, Was wir mit mehr, als mit einer Kuh, wollen; und dann ist auch noch immer ein kleiner Gewinn dabei, daß ich alsdann nur auf die eine Kuh zu passen brauch, statt daß ich jetzt mich mit zweien placken muß.« Ja, das däuchte dem Gudbrand ganz recht und vernünftig gesprochen, und er nahm sogleich die Kuh und ging damit zur Stadt, um sie zu verkaufen. In der Stadt aber fand sich Niemand, der ihm die Kuh abkaufen wollte. »Ei nun!« dachte Gudbrand: »so geh' ich mit meiner Kuh wieder nach Hause; ich weiß, ich habe sowohl Stall, als Joch, für sie, und es ist eben so weit hin, als her,« und damit stiefelte er getrost wieder mit seiner Kuh heimwärts.

Als er ein Endchen gegangen war, begegnete ihm Einer, der hatte ein Pferd, das er verkaufen wollte. Nun däuchte unserm Gudbrand, es sei besser, ein Pferd zu haben, als eine Kuh, und darum tauschte er mit dem Manne. Als er noch etwas weiter gegangen war, begegnete ihm Einer, der trieb ein fettes Schwein vor sich her, und da meinte Gudbrand wieder, es sei doch besser, ein fettes Schwein zu haben, als ein Pferd, und tauschte mit dem Manne. Darauf ging er weiter, und nach einer Weile begegnete ihm ein Mann mit einer Ziege. »Es ist freilich immer besser, eine Ziege zu haben, als ein Schwein,« dachte Gudbrand und tauschte mit dem Mann, der die Ziege hatte. Nun ging er eine weite Strecke fort, bis ihm endlich ein Mann begegnete, der ein Schaf hatte, und mit dem tauschte er ebenfalls, denn er dachte: »Besser ist's immer, ein Schaf zu haben, als eine Ziege.« Als er nun noch weiter gegangen war, begegnete ihm ein Mann mit einer Gans, und nun vertauschte Gudbrand das Schaf gegen die Gans. Als er darauf ein weites, weites Ende gegangen war, begegnete ihm ein Mann mit einem Hahn; mit dem tauschte er nochmals, denn er dachte: »Im Grunde ist's doch besser, einen Hahn zu haben, als eine Gans.« Er schritt nun so lange fort, bis es schon spät am Tage war, und da nun der Hunger sich bei ihm einstellte, verkaufte er den Hahn für drei Groschen und kaufte sich dafür Etwas zu essen, »denn es ist doch besser, das Leben heimzubringen, als einen Hahn,« dachte Gudbrand vom Berge. Darauf setzte er seinen Weg nach Hause fort, bis er zu dem Gehöft seines nächsten Nachbars kam; da kehrte er ein, »Nun, wie ist es Dir in der Stadt gegangen?« fragten die Leute ihn. »O, das ist nun so so gegangen,« sagte Gudbrand: »ich kann mein Glück eben nicht loben und auch nicht verachten,« und damit erzählte er ihnen, wie sich Alles zugetragen hatte, vom Anfang an bis zu Ende. »Na, da wirst Du aber auch schön empfangen werden von Deiner Frau, wenn Du nach Hause kommst,« sagte der Mann von dem Gehöft: »Gott steh' Dir bei! ich möchte nicht in Deiner Haut stecken.« — »Mir däucht, es könnte weit schlimmer gegangen sein,« sagte Gudbrand vom Berge: »sei es aber nun übel, oder wohl gegangen, so habe ich doch eine so gute Frau, die mir nie Vorwürfe macht, wie ich's auch immer anfange.« — »Ja, das mag wahr sein,« sagte der Mann: »aber ich glaub's darum doch nicht.« — »Wollen wir wetten?« versetzte Gudbrand vom Berge: »Ich habe hundert Thaler in der Kiste liegen, hältst Du eben so Viel dagegen?« — »Topp!« rief der Nachbar; und als es anfing zu dämmern, begaben beide sich zu Gudbrand's Gehöft. Hier blieb der Nachbar draußen vor der Thür stehen, um zu horchen, während Gudbrand hineinging zu seiner Frau und mit ihr sprach. »Guten Abend!« sagte Gudbrand vom Berge, als er eintrat. »Guten Abend!« sagte die Frau: »Na, Gott sei Lob! bist Du wieder da?« — Ja, das war er denn. Nun fragte die Frau, wie's ihm denn gegangen wär' in der Stadt. »Ach, so so!« antwortete Gudbrand: »ich kann mein

Glück eben nicht sonderlich rühmen. Als ich zur Stadt kam, war da Niemand, der mir die Kuh abkaufen wollte; darum vertauschte ich sie gegen ein Pferd.« — »Ei! das muß ich Dir ja Dank wissen,« sagte sie: »wir sind so brave Leute, daß wir auch wohl zur Kirche fahren können, eben so gut, wie Andre, und wenn wir Rath haben, uns ein Pferd anzuschaffen, warum sollten wir es nicht? — Geht hin, Jungens, und zieht das Pferd ein!« — »Je,« sagte Gudbrand: »ich hab' das Pferd doch nicht; denn als ich ein Stück Weges gegangen war, vertauschte ich es gegen ein Schwein.« — »Nein!« rief die Frau: »das ist doch recht, als wenn ich's selbst gethan hätte! danke schön, lieber Mann! nun hab' ich doch Speck im Hause, um den Leuten Etwas anzubieten, die zu uns kommen. Was sollten wir auch wohl mit dem Pferd? Die Leute würden nur sagen, wir wären so vornehm geworden, daß wir nicht mehr zur Kirche gehen könnten, wie wir sonst gethan — Geht hin, Jungens, und bringt's Schwein herein!« — »Aber ich habe das Schwein doch auch nicht,« sagte Gudbrand: »denn als ich ein Ende weiter gegangen war, vertauschte ich es gegen eine Milchziege.« — »Jerum! wie Du Alles vortrefflich machst!« rief die Frau: »Was sollte ich auch mit dem Schwein, wenn ich's recht bedenke? Die Leute würden nur sagen: »Die da fressen Alles auf, was sie haben.« Nein, hab' ich eine Ziege, so bekomm' ich Milch und Käse, und die Ziege bleibt mir dennoch — Jungens, lasst die Ziege ein!« — »Nein, ich hab' die Ziege doch auch nicht,« sagte Gudbrand: »denn als ich etwas weiter auf dem Weg gekommen war, vertauschte ich die Ziege und bekam dafür ein herrliches Schaf.« — »Nein!« rief die Frau: »Du hast Alles gemacht, wie ich's mir nur wünschen kann, grade, als wär' ich selbst dabei gewesen. Was sollten wir auch mit der Ziege? Ich müßte dann immer dahinterher laufen und bergan und bergab klettern. Hab' ich aber ein Schaf, so hab' ich Wolle und Kleider im Hause und Essen obendrein — Geht hin, Jungens, und bringt das Schaf 'rein!« — »Aber ich hab' das Schaf auch nicht mehr,« sagte Gudbrand: »denn als ich etwas weiter gegangen war, vertauschte ich es gegen eine Gans.« — »Ei, tausendmal schönen Dank!« sagte die Frau: »Was sollte ich auch wohl mit dem Schaf? Ich habe ja weder Rocken, noch Spindel, und frage auch nicht darnach, mich zu placken und zu quälen und Kleider zu weben; wir können ja unsre Kleider kaufen, wie wir sonst gethan haben. Nun bekomm' ich doch mal Gänsefleisch zu schmecken, wonach ich schon so lange gejankt habe, und kann mir Dunen in meinen Pfülk stopfen – Geht hin, Jungens, und holt die Gans 'rein!« – »Je, ich hab' die Gans aber auch nicht,« sagte Gudbrand: »denn als ich noch ein Stück Weges gegangen war, vertauschte ich sie gegen einen Hahn.« – »Gott weiß, wie Du auf Das verfallen bist!« rief die Frau: »es ist grade Alles, als ob ich's selbst gemacht hätte. Ein Hahn, das ist eben Dasselbe, als ob Du eine Weck-Uhr gekauft hättest; denn jeden Morgen kräh't der Hahn um Vier, und dann können wir zu rechter Zeit auf die Beine kommen. Was sollten wir wohl mit der Gans? Ich versteh' mich nicht darauf, Gänsefleisch zu pökeln, und meinen Pfülk kann ich mir ja mit Seegras stopfen – Geht hin, Jungens, und holt den Hahn 'rein!« – »Aber ich habe doch den Hahn auch nicht,« sagte Gudbrand: »denn als ich noch etwas weiter gegangen war, bekam ich einen entsetzlichen Hunger und mußte den Hahn für drei Groschen verkaufen, daß ich nur das Leben heimbrachte.« – »Na, das war recht, daß Du das thatst!« rief die Frau: »Wie Du's auch anfängst, so machst Du Alles, wie ich's nur wünschen kann. Was sollten wir auch mit dem Hahn? Wir sind ja unsre eignen Herren, und können des Morgens liegen bleiben, so lange wir wollen. Na, Gott sei Lob! wenn ich nur Dich wieder habe, der Du Alles so gut machst, brauch ich weder Hahn, noch Gans, noch Schwein, noch Kuh.« Nun machte Gudbrand die Thür auf. »Hab' ich jetzt die hundert Thaler gewonnen?« rief er; und da mußte denn der Nachbar gestehen, daß er es hätte.

19.
Kari Trästak.

Es war einmal ein König, der war Wittwer geworden. Mit seiner Gemahlinn hatte er eine Tochter, die war so gut von Herzen und so schön, daß Niemand gutmüthiger und schöner sein konnte. Der König trauerte lange um seine Gemahlinn, weil er so viel von ihr gehalten hatte; zuletzt ward er aber des ledigen Standes überdrüssig und verheirathete sich mit einer Königinn-Wittwe, die hatte auch eine Tochter, aber die war eben so häßlich und böse, als die andre gut und schön war. Die Stiefmutter und ihre Tochter waren nun neidisch auf die Königstochter wegen ihrer Schönheit; aber so lange der König zu Hause blieb, wagten sie nicht, ihr Etwas zu Leide zu thun, weil er so viel von ihr hielt.

Als aber eine Zeit vergangen war, bekam der König Krieg mit einem andern König und zog in die Schlacht. Nun, meinte die Königinn, könnte sie thun, Was sie wollte, schlug die Königstochter, ließ sie hungern und stieß sie in alle Ecken herum. Zuletzt war Alles zu gut für die Königstochter, und sie mußte endlich die Kühe hüten. So trieb sie nun mit den Kühen hinaus und weidete sie in dem Wald und auf dem Berg. Essen bekam sie nur wenig, oder gar nicht; sie ward bleich und hager und war fast immer betrübt und weinte. Unter der Heerde, die sie weidete, war auch ein großer blauer Stier, der sich immer so sauber und blank hielt, der kam oft zu der Königstochter und ließ sich von ihr den Kopf krauen. Einmal, als sie da saß und so betrübt war und weinte, kam er auch zu ihr und fragte sie, warum sie immer so traurig wäre. Sie antwortete ihm aber nicht, sondern fuhr fort zu weinen. »Ja, ich weiß wohl, Was Dir fehlt,« sagte der Stier: »wenn Du es mir auch nicht sagen willst; Du weinst, weil die Königinn immer so schlimm gegen Dich ist und Dich beinahe todthungern lässt. Aber für Essen und Trinken sollst Du nicht sorgen: In meinem linken Ohr liegt ein Tuch, wenn Du das herausnimmst, und es ausbreitest, bekommst Du sowohl zu essen, als zu trinken, Was Du nur verlangst.« Das that sie, sie nahm das Tuch heraus und breitete es auf den Rasen hin, und da deckte es sich mit den schönsten Gerichten, die man sich nur wünschen kann, und Wein und Meth und Honigkuchen war auch da. Sie kam nun bald wieder zu Kräften und ward so voll und roth und weiß, daß die Königinn und ihre holzdürre Tochter grün und gelb vor lauter Ärger wurden. Die Königinn konnte gar nicht begreifen, wie ihre Stieftochter bei so schlechter Kost ein so gutes Aussehen bekommen konnte; darum sagte sie zu einer von ihren Dirnen, sie sollte ihr im Walde nachgehen und zusehen, wie das zusammenhinge; denn sie glaubte, daß irgend einer von den Dienstleuten ihr Etwas zu essen gäbe. Die Dirne ging ihr nun im Walde nach und beobachtete sie, und da sah sie denn, daß die Stieftochter das Tuch aus dem Ohr des blauen Stiers nahm und es auf dem Rasen ausbreitete, worauf es sich mit den schönsten Gerichten deckte, wovon dann die Tochter aß und sich gütlich that. Das erzählte die Dirne zu Hause der Königinn. — Jetzt kehrte der König heim und hatte den Sieg über den andern König davon getragen, gegen den er zu Felde gezogen war. Da war nun große Freude im ganzen Schloß, doch Niemand freu'te sich mehr, als des Königs Tochter. Die Königinn aber stellte sich krank an und gab dem Doctor viel Geld, damit er sagen solle, sie könne nicht wieder gesund werden, wenn sie nicht das Fleisch von dem blauen Stier zu essen bekäme. Sowohl die Königstochter, als die Leute im Schloß fragten den Doctor, ob nicht etwas Andres helfen könne, und baten für den Stier, denn sie hielten alle so viel von ihm und sagten, einen solchen Stier gäb's nicht mehr im ganzen Königreich; aber nein, er sollte und mußte geschlachtet werden, es war kein andrer Rath. Als die Königstochter das hörte, ward sie sehr betrübt und ging hinunter in den Stall zu dem Stier. Der stand auch da und ließ den Kopf hangen und sah so betrübt aus, daß sie anfing, darüber zu weinen. »Warum weinst Du?« fragte der Stier. Da erzählte sie ihm, der König wäre zu Hause gekommen, und die Königinn hätte sich krank angestellt und den Doctor dahin vermocht, zu sagen, sie könne nicht wieder gesund werden, wenn sie nicht das Fleisch von dem blauen Stier zu essen bekäme, und nun sollte er geschlachtet werden. Der Stier aber sagte: »Wenn sie erst mich getödtet haben, dann werden sie Dich auch bald tödten; wenn Du aber so willst, wie ich, so machen wir uns beide noch diese Nacht davon.« Die Königstochter meinte zwar, es wäre schlimm, ihren Vater zu verlassen, aber schlimmer doch wär' es noch, im Hause bei der Königinn zu bleiben, und versprach darum dem Stier, mit ihm zu reisen.

Als es Abend geworden war, und alle die Andern sich zur Ruhe begeben hatten, schlich die Königstochter sich hinunter in den Stall; da nahm der Stier sie auf den Rücken und machte sich mit ihr davon, so schnell er nur konnte. Als darnach am Morgen die Leute aufstanden und den Stier schlachten wollten, war dieser fort; und als der König aufgestanden war und nach seiner Tochter fragte, da war die auch fort. Der König schickte Boten aus nach allen Enden der Welt, sie aufzusuchen, und ließ ihr nachläuten mit allen Glocken; aber es konnte Niemand eine Spur von ihr entdecken. — Inzwischen trabte der Stier mit der Königstochter fort durch viele fremde Länder, und endlich kamen sie zu einem großen kupfernen Wald, wo sowohl die Bäume, als die Zweige und Blätter und Blüthen von lauter Kupfer waren.

Ehe sie aber weiter reis'ten, sagte der Stier zu der Königstochter: »Wenn wir nun in den Wald kommen, musst Du Dich wohl in Acht nehmen, daß Du auch nicht ein Blättchen anrührst, sonst ist's aus mit Dir und mit mir; denn es wohnt hier ein Troll mit drei Köpfen, welchem dieser Wald gehört.« Nein, den Kukuk! sie wollte sich wohl in Acht nehmen und ja Nichts anrühren. Darauf gingen sie sehr vorsichtig in den Wald; die Prinzessinn schmiegte und biegte sich und hielt die Zweige mit den Händen zurück; aber der Wald war so dicht, daß es fast nicht möglich war, hindurch zu kommen, und wie sehr sie sich auch in Acht nahm, versah sie's doch, daß sie ein Blatt abriß und es in der Hand behielt.

»O weh! Was machst Du da?« sagte der Stier: »jetzt muß ich mich schlagen auf Leben und Tod; aber verwahre nur gut das Blatt.« Sie hatten bald darauf das Ende des Waldes erreicht. Da kam ein großer Troll dahergeschnoben, der hatte drei Köpfe. »Wer hat meinen Wald angerührt?« rief er. »Das ist eben so gut mein Wald, als Deiner,« sagte der Stier. »Das wollen wir erst ausmachen!« schrie der Troll. »Laß uns das!« sagte der Stier. Beide rannten nun an einander, und der Stier stieß und schlug aus allen Kräften; aber der Troll schlug nicht schlechter, und es dauerte einen ganzen Tag, eh' der Stier ihn bezwingen konnte. Da war er aber auch so mit Wunden bedeckt und so erschöpft, daß er nicht mehr von der Stelle zu gehen vermochte. Sie mußten sich nun den ganzen Tag ausruhen; darauf sagte der Stier zu der Königstochter, sie solle das Salbenhorn nehmen, das an dem Gürtel des Trollen hing, und ihn mit der Salbe überall bestreichen. Als sie das gethan hatte, ward der Stier sogleich wieder frisch und gesund, und am folgenden Tage setzten sie ihre Reise fort. Sie reis'ten nun manchen lieben Tag, und endlich kamen sie zu einem silbernen Wald; hier waren sowohl die Bäume, als die Zweige und die Blätter und Blüthen von lauter Silber.

Ehe sie aber ihre Reise weiter fortsetzten, sagte der Stier zu der Königstochter: »Wenn wir nun in den Wald kommen, musst Du Dich ja sehr in Acht nehmen; Du darfst durchaus Nichts anrühren, und auch nicht so Viel, als nur ein Blättchen, abreißen; sonst ist es aus mit Dir und mit mir; denn hier wohnt ein Troll mit sechs Köpfen, welchem dieser Wald gehört, und mit dem, glaub' ich, werd' ich's nicht aufnehmen können.«

Nein, sagte die Königstochter, sie wollte sich sehr in Acht nehmen und auch nicht das Geringste anrühren. Als sie aber in den Wald kamen, war er wieder so dicht und so eng, daß sie beinahe nicht vorwärts kommen konnten. Die Königstochter war so vorsichtig, wie nur möglich, und bog die Zweige, die ihr im Wege saßen, mit den Händen zur Seite; aber jeden Augenblick schlugen ihr die Zweige in die Augen, und wie sie's auch anfangen mochte, so riß sie doch wieder ein Blatt ab.

»O weh! Was hast Du gemacht!« rief der Stier: »Nun muß ich mich wieder schlagen auf Leben und Tod; denn der Troll, welcher hier wohnt, hat sechs Köpfe und ist noch einmal so groß, als der vorige; verwahre aber nur vorsichtig das Blatt.«

Es dauerte nicht lange, so kam der Troll an. »Wer hat meinen Wald angerührt?« rief er. »Das ist eben so gut mein Wald, als Deiner,« sagte der Stier. »Das wollen wir erst ausmachen!« schrie der Troll. »Laß uns das!« sagte der Stier, fuhr auf den Trollen zu, bohrte ihm die Augen aus und rannte ihm die Hörner mitten durch den Leib, so daß die Gedärme dabei hingen; aber der Troll wehrte sich dessen ungeachtet tapfer, und es dauerte drei ganze Tage, eh' der Stier ihm den Garaus machte. Da war er aber auch so elend und hinfällig, daß er sich kaum noch rühren konnte, und über und über war er mit Wunden bedeckt, aus welchen das Blut herausfloß. Da sagte er zu der Königstochter, sie solle das Salbenhorn nehmen, das an dem Gürtel des Trollen hing, und ihn überall mit der Salbe bestreichen. Das that sie denn auch, und darauf heilten die Wunden sogleich wieder zu. Aber so matt war der Stier, daß sie eine ganze Woche lang sich ausruhen mußten, eh' er im Stande war, weiter zu gehen.

Endlich machten sie sich wieder auf den Weg; aber der Stier war immer noch sehr schwach, und es ging daher im Anfang nur langsam. Um ihn zu schonen, sagte die Königstochter, sie wäre jung und leicht zu Fuß, sie könnte ja gern gehen; aber das litt der Stier durchaus nicht, sie mußte sich wieder auf ihn setzen. Nun reis'ten sie eine lange lange Zeit und kamen durch viele Länder, und die Königstochter wußte gar nicht mehr, wo sie in der Welt waren. Aber endlich und zuletzt kamen sie zu einem goldnen Wald, der war so schön, daß das Gold davon heruntertröpfelte; denn sowohl die Bäume, als die Zweige und die Blätter und Blüthen waren von purem Golde. Hier ging es nun wieder eben so, wie in dem kupfernen und dem silbernen Wald. Der Stier sagte zu der Königstochter, daß sie durchaus kein Blatt anrühren dürfe; denn hier wohne ein Troll mit neun Köpfen, dem der Wald gehöre, der wäre noch weit größer und stärker, als die beiden andern zusammen, und den glaubte er nun ganz und gar nicht bezwingen zu können. — Nein, sie wollte sich wohl in Acht nehmen und durchaus Nichts anrühren, darauf könne er sich verlassen. Als sie aber in den Wald kamen, war dieser noch weit dichter und enger, als der silberne, und je weiter sie hineinkamen, desto schlimmer ward es: der Wald wurde immer dichter und enger, und zuletzt schien ganz und gar kein Durchkommen mehr. Die Königstochter schmiegte und biegte sich und bog die Zweige mit den Händen zurück; aber jeden Augenblick schlugen sie ihr in die Augen, so daß sie zuletzt nicht mehr vor sich sehen konnte, und eh' sie sich recht besann, hatte sie einen goldnen Apfel in der Hand. Nun wurde sie entsetzlich bange und fing an zu weinen und wollte den Apfel wieder wegwerfen; aber der Stier sagte, sie solle ihn nur behalten und ihn wohl verwahren, und tröstete sie, so gut er konnte, meinte aber doch, es würde ein harter Kampf werden, und wußte nicht, ob's diesmal so gut ablaufen würde.

Es dauerte nicht lange, so kam der Troll mit den neun Köpfen an. »Wer hat meinen Wald angerührt?« rief er. »Das ist eben so gut mein Wald, als Deiner,« sagte der Stier. »Das wollen wir erst ausmachen!« schrie der Troll. »Laß uns das!« sagte der Stier, und damit rannten sie an einander, daß es ganz entsetzlich war, und die Königstochter fiel beinahe in Ohnmacht. Der Stier bohrte dem Trollen die Augen aus dem Kopf und rannte ihm die Hörner durch den Leib, so daß die Eingeweide herausfielen; aber der Troll kämpfte dessen ungeachtet gleich tapfer; denn sobald der Stier einen Kopf getödtet hatte, bliesen die andern sogleich wieder Leben hinein, und es dauerte wohl eine ganze Woche lang, eh' es dem Stier gelang, den Trollen gänzlich zu tödten. Aber da war er auch so elend und hinfällig, daß er sich nicht rühren konnte, und nicht einmal war er im Stande, zu sagen, die Königstochter solle das Salbenhorn von dem Gürtel des Trollen nehmen und ihn mit der Salbe bestreichen; aber sie that es schon von selbst, und da ward es wieder besser mit dem Stier; aber wohl über drei Wochen mußten sie hier verweilen, eh' er wieder so viel Kräfte gesammelt hatte, um die Reise fortsetzen zu können.

Endlich ging es wieder so allmählich vorwärts; denn der Stier sagte, sie müßten noch etwas weiter. Als sie nun eine Zeit gereis't und über viele mit dichten Wäldern bewachsene Berge gekommen waren, gelangten sie endlich zu einem Felsen. »Siehst Du Etwas?« fragte der Stier. »Nein, ich sehe Nichts, als den Himmel und die wilde Felsgegend,« versetzte die Königstochter. Als sie aber tiefer ins Gebirge kamen, wurde die Gegend ebener, so daß sie eine weitere Aussicht hatten. »Siehst Du jetzt Etwas?« fragte der Stier. »Ja, ich sehe ein kleines Schloß weit in der Ferne,« sagte die Prinzessinn. »Nun, das Schloß ist eben nicht so klein,« sagte der Stier. Endlich kamen sie zu einem großen Gehäge mit einer schroffen Felswand. »Siehst Du jetzt Etwas?« fragte der Stier wieder. »Ja, nun sehe ich ganz nahebei das Schloß; jetzt ist es weit größer, als vorher,« sagte die Königstochter. »Da sollst Du hin!« sagte der Stier: »Gleich unten beim Schloß ist ein Schweinstall, wenn Du da hineinkommst, so findest Du dort einen hölzernen Rock, den musst Du anziehen und damit ins Schloß gehen und sagen, Du heißest Kari Trästak[4], und um einen Dienst bitten. Jetzt aber sollst Du Dein Messer nehmen und mir damit den Kopf abschneiden; alsdann streife mir das Fell ab und lege darein das kupferne Blatt, das silberne Blatt und den goldnen Apfel, und verwahre Alles unten bei der Felswand. Am Berge steht ein Stock, und wenn Du dann von mir nachher Etwas willst, so klopfe bloß mit dem Stock an die Felswand.«

Anfangs konnte die Prinzessinn sich durchaus nicht dazu entschließen, dem Stier den Kopf abzuschneiden. Wie dieser ihr aber sagte, das sei der einzige Dank, den er für Das, was er für sie gethan, von ihr fordre, da konnte sie denn nicht anders: sie nahm das Messer und schnitt ihm, so weh es ihr auch that, damit den Kopf vom Rumpf, streifte ihm das Fell ab, legte darein das kupferne Blatt, das silberne Blatt und den goldnen Apfel, und verwahrte dann Alles unten bei der Felswand.

Als das geschehen war, ging sie weinend und voll großer Betrübniß in den Schweinstall; da zog sie den hölzernen Rock an und begab sich damit zum Königsschloß. Sie trat zuerst in die Küche ein, und bat um einen Dienst und sagte, sie heiße Kari Trästak. Ja, sagte der Koch, einen Dienst könne sie bekommen, wenn sie im Schloß aufwaschen und rein machen wolle, denn Die, welche das früher gethan hätte, sei davon gelaufen; »aber wenn Du eine Zeitlang hier gewesen bist, wirst Du's auch wohl überdrüssig und läufst auch davon,« sagte er. Nein, das wollte sie gewiß nicht.

Sie blieb nun auf dem Schloß und verrichtete ihr Geschäft ordentlich und pünktlich. Eines Sonntags, als man Fremde erwartete, bat Kari um Erlaubniß, dem Prinzen das Waschwasser hinaufbringen zu dürfen; aber die Andern lachten über sie und sagten: »Was willst Du bei dem Prinzen? Glaubst Du, der Prinz will Etwas von Dir wissen, so wie Du aussiehst?« Aber sie gab sich nicht zufrieden, sondern bat so lange, bis man es ihr erlaubte. Als sie nun die Treppe hinaufstieg, machte sie ein solches Geräusch mit ihrem hölzernen Rock, daß der Prinz herauskam und fragte: »Was bist Du für Eine?« — »O, ich wollte nur das Waschwasser zum Prinzen hinauftragen,« sagte sie. »Glaubst Du, ich will das Wasser haben, das Du mir bringst?« sagte der Prinz und goß es ihr über den Kopf. Sie mußte nun unverrichteter Sache wieder abziehen, bat aber um Erlaubniß, in die Kirche zu gehen, und das konnte man ihr denn nicht abschlagen. Erst aber ging sie zu dem Berg und klopfte mit dem Stock an die Felswand, so wie der Stier ihr gesagt hatte. Sogleich öffnete sich diese, und es trat ein Mann heraus, der fragte sie, Was sie wolle. Die Königstochter sagte, sie hätte Erlaubniß bekommen, in die Kirche zu gehen und den Prediger zu hören, aber sie hätte keine Kleider anzuziehen. Da gab der Mann ihr ein Kleid, das war so blank, wie der kupferne Wald; und Pferd und Sattel erhielt sie auch. Als sie nun in die Kirche kam, war sie so schön und stattlich, daß Alle sich darüber verwunderten und gar nicht begreifen konnten, Wer sie sei. Fast Keiner hörte auf Das, was der Prediger sagte, weil Alle nur sie betrachteten. Der Prinz selbst war so in sie verliebt, daß er kein Auge von ihr abwandte.

Als sie nun aus der Kirche gehen wollte, kam der Prinz ihr nach und machte die Kirchenthür hinter ihr zu, und da geschah es, daß er den einen von ihren Handschuhen in der Hand behielt. Als sie darnach ihr Pferd bestieg, trat der Prinz auf sie zu und fragte sie, wo sie her wäre. »Ich bin aus dem Waschland,« sagte Kari, und indem der Prinz den Handschuh hervorzog, um ihr denselben zu überreichen, sprach sie:

»Hinter mir dunkel, und vor mir hell!
Auf daß der junge Prinz nicht sieht,
Wohin mich trägt mein Roß so schnell!«

Der Prinz hatte noch nie einen so schönen Handschuh gesehen, und er reis'te weit umher und fragte nach dem Lande, aus welchem die vornehme Dame sei, die ihren Handschuh im Stich gelassen hatte; aber Niemand konnte ihm sagen, wo es lag.

Am nächsten Sonntag sollte Einer hinaufgehen zum Prinzen und ihm ein Handtuch bringen. »Ach, darf ich nicht hinaufgehen?« sagte Kari. »Warum nicht gar!« sagten die Andern, die in der Küche waren: »Du weißt wohl noch, wie es Dir das letzte Mal ging.« Kari gab sich aber nicht zufrieden, sondern bat so lange, bis man es ihr erlaubte, und darnach lief sie die Treppe hinauf in ihrem hölzernen Rock, daß es nur so rasselte. Der Prinz kam auf den Lärm heraus, und als er Kari erblickte, riß er ihr das Tuch aus der Hand und warf es ihr an den Kopf. »Pack Dich, Du abscheuliches Trollmensch!« sagte er: »Glaubst Du, ich will mich in einem Handtuch abtrocknen, das Du mit Deinen schmutzigen Fingern angefasst hast?«

Darnach begab der Prinz sich in die Kirche, und Kari bat um Erlaubniß, auch dahin zu gehen. Die Andern sagten aber, Was sie in der Kirche wolle, da sie nichts Anders anzuziehen habe, als ihren hölzernen Rock, der so schmutzig wäre und so abscheulich aussähe. Aber Kari sagte, der Prediger däuchte ihr ein so wackerer Mann in seiner Rede, und sie hätte davon so großen Nutzen. Da ließ man sie denn hingehen. Erst aber ging sie zu dem Berg und klopfte mit dem Stock daran. Sogleich trat wieder der Mann heraus und gab ihr ein Kleid, das war noch weit schöner und prächtiger, als das erste; es war überall mit Silber besetzt, so daß es glänzte, wie der silberne Wald; und ein schönes Pferd mit silbergestickter Decke und silbernem Gebiß erhielt sie auch.

Als sie zur Kirche kam, und die Kirchleute, die vor der Thür standen, sie sahen, waren alle höchlich verwundert und konnten gar nicht begreifen, Wer sie sei, und der Prinz trat sogleich hinzu, um ihr das Pferd zu halten, während sie abstieg. Aber sie sprang schnell herunter und sagte, es wäre nicht nöthig; denn ihr Pferd wäre so wohl abgerichtet, daß es still stände, wenn sie es beföhle, und auf ihren Wink ginge und käme. Darauf gingen Alle in die Kirche; aber fast Keiner hörte auf Das, was der Prediger sagte, weil Alle nur sie betrachteten. Der Prinz aber entbrannte diesmal noch weit mehr von Liebe, als das vorige Mal. — Als nun der Gottesdienst vorbei war, und sie aus der Thür ging und ihr Pferd besteigen wollte, da trat der Prinz wieder auf sie zu und fragte sie, wo sie her wäre. »Ich bin aus dem Handtuchlande,« sagte die Königstochter, und im selben Augenblick ließ sie ihre Reitgerte fallen. Als nun der Prinz sich bückte, um sie aufzunehmen, sprach sie:

»Hinter mir dunkel, und vor mir hell!
Auf daß der junge Prinz nicht sieht,
Wohin mich trägt mein Roß so schnell!«

Fort war sie, und Niemand wußte, wo sie gestoben oder geflogen war. Der Prinz reis'te nun wieder weit umher und fragte nach dem Handtuchlande; aber es konnte ihm Keiner sagen, wo es lag, und er mußte unverrichteter Sache wieder heimkehren.

Am nächsten Sonntag sollte Einer einen Kamm zu dem Prinzen hinaufbringen. Kari bat wieder um Erlaubniß, damit hinaufzugehen; aber die Andern erinnerten sie daran, wie es ihr das letzte Mal gegangen war, und schalten sie, daß sie sich vor dem Prinzen wollte sehen lassen, so schwarz und häßlich, wie sie aussähe in ihrem hölzernen Rock. Aber sie hörte nicht auf, zu bitten, bis man sie endlich gehen ließ. Als sie die Treppe hinaufrasselte, kam schnell der Prinz heraus, riß ihr den Kamm aus der Hand und warf ihn ihr an den Kopf, indem er sagte, sie solle sich sogleich packen. Darnach begab der Prinz sich in die Kirche, und Kari bat um Erlaubniß, auch dahin zu gehen. Sie fragten sie wieder, Was sie da wolle, da sie ja so schwarz und häßlich wäre, und nicht einmal Kleider hätte, sich vor den Leuten sehen zu lassen. »Wenn der Prinz, oder sonst Jemand Dich bemerkt,« sagten sie: »dann wird es sowohl Dir, als uns schlecht gehen.« Aber Kari meinte, sie hätten wohl nach etwas ganz Anderm zu sehen, als nach ihr, und hörte nicht auf, zu bitten, bis man sie zuletzt gehen ließ.

Nun ging es wieder eben so, wie die beiden vorigen Male; Kari ging zu dem Berg und klopfte daran mit dem Stock. Da kam wieder der Mann heraus und gab ihr ein Kleid, das war noch weit prächtiger, als das vorige; denn es war von purem Golde und mit vielen Diamanten besetzt; und ein Pferd mit golddurchwirkter Decke und goldenem Gebiß erhielt sie auch.

Als die Königstochter zur Kirche kam, standen der Prediger und die Kirchleute noch vor der Thür und warteten auf sie. Der Prinz wollte ihr das Pferd halten; aber sie sprang schnell herunter und sagte: »Es ist nicht nöthig; denn mein Pferd ist so gut abgerichtet, daß es von selber still steht, wenn ich es befehle.« Hierauf gingen Alle in die Kirche, und der Prediger stieg auf die Kanzel. Aber Keiner hörte auf Das, was er sagte, weil Alle nur sie betrachteten und sich den Kopf darum zerbrachen, wo sie doch wohl her sein möchte. Der Prinz aber entbrannte jetzt noch mehr von Liebe, als das vorige Mal; er hörte und sah nichts Anders, als nur sie.

Wie der Gottesdienst beendigt war, und die Königstochter aus der Kirche gehen wollte, hatte der Prinz eine Bütte voll Theer in der Vorhalle hingegossen, damit er ihr behülflich sein könne, wenn sie hinüber wollte; aber sie bekümmerte sich nicht darum, sondern setzte den Fuß mitten in den Theer und sprang hinüber; aber da blieb der eine von ihren goldnen Schuhen am Boden sitzen. Als sie ihr Pferd bestiegen hatte, trat der Prinz wieder auf sie zu und fragte sie, wo sie her wäre. »Ich bin aus dem Kammlande,« sagte Kari. Als ihr aber der Prinz den goldnen Schuh reichen wollte, sprach sie:

»Hinter mir dunkel, und vor mir hell!
Auf daß der junge Prinz nicht sieht,
Wohin mich trägt mein Roß so schnell!«

Der Prinz wußte nun wieder nicht, wo sie geblieben war, und reis'te eine lange Zeit in der Welt herum und fragte nach dem Kammlande; da ihm aber Niemand sagen konnte, wo es lag, ließ er bekannt machen, daß Diejenige, welcher der goldne Schuh passe, seine Gemahlinn werden solle. Es fanden sich nun Schöne und Häßliche ein von allen Enden der Welt; aber Keine hatte einen so kleinen Fuß, daß ihr der goldne Schuh paßte. Endlich kam auch die böse Stiefmutter der Kari Trästak mit ihrer Tochter an, und der letztern paßte der Schuh. Aber sie war so häßlich und sah so recht vergrätzt aus, daß der Prinz nur ungern sein Wort hielt. Es wurde jedoch zur Hochzeit angerichtet, und die Tochter ward aufgeputzt wie eine Braut. Als aber der Prinz mit ihr zur Kirche ritt, saß da ein kleiner Vogel in einem Baum, der sang:

»Ein Stück von der Ferse,
Ein Stück von der Zeh!
Kari's Schuh ist voll Blut,
Das thut der Braut so weh.«

Und als sie zusahen, da hatte der Vogel recht gesungen; denn das Blut sickerte aus dem Schuh heraus. Nun mußten alle Dienstdirnen und alle Frauensleute, die auf dem Schloß waren, den Schuh anprobiren; aber es war keine einzige darunter, die ihn anbekommen konnte. »Wo ist denn aber Kari Trästak?« fragte endlich der Prinz, da alle Andern den Schuh anprobirt hatten; denn er verstand sich gut auf Vogelgesang, und wußte wohl, wie's geklungen hatte. »Ach, die!« sagten die Andern: »mit ihr kann's nichts nützen; denn sie hat Beine, so groß wie Pferdefüße.« — »Kann sein!« sagte der Prinz: »aber da alle Andern den Schuh anprobirt haben, so soll sie ihn auch anprobiren. Kari!« rief er zur Thür hinaus, und Kari die Treppe herauf in ihrem hölzernen Rock, daß es nur so rasselte. »Nun sollst Du auch den Schuh anprobiren und Prinzessinn werden!« sagten die andern Dirnen und lachten und hatten sie zum besten. Kari aber nahm den Schuh, steckte den Fuß hinein wie gar Nichts, warf ihren Holzrock ab und stand nun da in ihrem goldnen Kleid, daß es nur so glitzerte; und an dem andern Fuß trug sie den andern goldnen Schuh. Als der Prinz sie nun wieder erkannte, war er über alle Maßen froh, lief auf sie zu, umarmte und küßte sie. Und als er nun erfuhr, daß sie eine Königstochter war, da freu'te er sich noch mehr, und darauf wurde die Hochzeit gehalten.

Un ßnipp, ßnapp, ßnuut! So is dat Leuschen uut.

20.
Der Fuchs als Hirte.

Es war einmal eine Frau, die ging aus und wollte sich einen Hirten miethen. Da begegnete ihr der Bär. »Wo willst Du hin?« fragte der Bär sie. »O, ich wollte mir nur einen Hirten miethen,« antwortete die Frau. »Willst Du mich zum Hirten haben?« fragte der Bär. »Ja, wenn Du bloß hübsch locken kannst,« sagte die Frau. »Hö—i!« sagte der Bär. »Nein, Dich will ich nicht haben,« sagte die Frau, als sie das hörte, und ging weiter.

Da begegnete ihr der Wolf. »Wo willst Du hin?« fragte der Wolf. »O, ich wollte mir nur einen Hirten miethen,« antwortete die Frau. »Willst Du mich zum Hirten haben?« fragte der Wolf. »Ja, kannst Du auch hübsch locken?« sagte die Frau. »Uh—uh!« sagte der Wolf. »Nein, Dich will ich nicht haben,« sagte die Frau.

Ein Ende weiter hin begegnete ihr der Fuchs. »Wo willst Du hin?« fragte der Fuchs. »O, ich wollte mir nur einen Hirten miethen,« antwortete die Frau. »Willst Du mich zum Hirten haben?« fragte der Fuchs. »Ja, wenn Du bloß hübsch locken kannst,« sagte die Frau. »Dil — dal — holom!« sagte der Fuchs noch so hübsch und artig. »Ja, Dich will ich haben,« sagte die Frau und nahm den Fuchs zum Hirten bei ihrem Vieh an.

Am ersten Tage, wie der Fuchs das Vieh auf die Weide trieb, fraß er alle Ziegen auf, den zweiten Tag ließ er sich die Schafe schmecken, und den dritten Tag mußten die Kühe daran. Als er darauf am Abend nach Hause kam, fragte die Frau ihn, wo er das Vieh gelassen hätte. »Der Kopf ist im Bach, und der Rumpf im Busch,« sagte der Fuchs. Die Frau stand eben bei ihrem Butterfaß und butterte; aber sie wollte doch selbst zusehen; während sie nun zusah, steckte der Fuchs den Kopf ins Butterfaß und fraß allen Rahm auf. Als die Frau zurückkam und das gewahr ward, da wurde sie so erbittert, daß sie einen Rahmklumpen nahm, der noch im Butterfaß saß, und damit nach dem Fuchs warf, so daß er einen Klatsch am Schwanz bekam. Davon kommt es, daß der Fuchs einen weißen Schwanzzipfel hat.

21.
Vom Schmied, den der Teufel nicht in die Hölle lassen durfte.

In jenen Tagen, da unser Herr Christus und St. Petrus noch auf Erden einherwandelten, kamen beide einmal zu einem Schmied; dieser hatte mit dem Teufel den Contract gemacht, daß er nach sieben Jahren ihm gehören solle, wogegen er in der Zeit ein Meister aller Meister in der Schmiedekunst sein sollte, und den Contract hatte sowohl der Schmied, als der Teufel, jeder mit seinem Namen, unterschrieben. Darum hatte der Schmied auch mit großen Buchstaben über die Thür seiner Schmiede die Worte setzen lassen: »Hier wohnt der Meister aller Meister.« Als nun der Herr Christus kam und die Schrift sah, ging er hinein. »Wer bist Du?« fragte er den Schmied. »Lies, Was über der Thür steht,« antwortete dieser: »kannst Du aber nicht Geschriebenes lesen, so musst Du warten, bis Einer kommt, der es Dir lies't.« Ehe der Herr ihm noch darauf geantwortet hatte, kam ein Mann mit einem Pferd in die Schmiede und bat den Schmied, es ihm zu beschlagen. »Willst Du mir erlauben, daß ich es beschlage?« sagte der Herr Christus. »Du magst es versuchen,« sagte der Schmied: »schlimmer kannst Du's nicht machen, als daß ich's nicht wieder sollte gut machen können.« Der Herr ging nun zu und nahm dem Pferd das eine Vorderbein ab, legte es in die Esse und machte das Hufeisen glühend; darauf nahm er Nägel und einen Hammer und beschlug es, und setzte es dann wieder unbeschädigt dem Pferd an. Als das geschehen war, nahm er das andre Vorderbein ab und machte es damit eben so. Und als er auch das wieder angesetzt hatte, nahm er die beiden Hinterbeine, erst den rechten, und nachher den linken, legte sie in die Esse, machte das Hufeisen glühend, nahm Nägel und den Hammer und beschlug sie, und setzte sie dann dem Pferd wieder an. Der Schmied stand inzwischen da und sah das mit an. »Du bist aber kein so schlechter Schmied!« sagte er. »Meinst Du?« sagte der Herr Christus.

Ein wenig darnach kam die Mutter des Meisters in die Schmiede und bat den Schmied, er möchte zu Hause kommen und sein Mittag essen; sie war schon sehr alt, hatte einen krummen Rücken und Runzeln im Gesicht und konnte nur mit genauer Noth noch gehen. »Gieb jetzt Acht, Was Du siehst!« sagte der

Herr, nahm die Frau, legte sie in die Esse und schmiedete eine junge schöne Jungfrau aus ihr. »Ich sage, wie ich gesagt habe. Du bist gar kein so schlechter Schmied,« sagte der Schmied: »Es steht zwar über meiner Thür: »Hier wohnt der Meister aller Meister,« aber gleichwohl sag' ich, man lernt so lange man lebt,« und damit ging er in's Haus und aß sein Mittag.

Als er wieder zurück in die Schmiede gekommen war, kam ein Mann geritten, der wollte sein Pferd beschlagen lassen. »Das soll bald gemacht sein!« sagte der Schmied: »ich habe jetzt eben eine neue Methode zu beschlagen gelernt, die ist gut, wenn die Tage kurz sind,« und damit fing er an, dem Pferd die Beine abzubrechen und schnitt und brach so lange, bis er sie alle ab hatte; »denn,« sagte er: »ich weiß nicht, wozu es soll, immer mit einem und einem zu bruddeln.« Die Beine legte er in die Esse, so wie er gesehen hatte, daß der Andre es gemacht, legte dann brav Kohlen zu und ließ die Schmiedejungen frisch den Blasebalg ziehen. Aber es ging, wie man sich's wohl denken kann: die Beine verbrannten, und der Schmied mußte das Pferd bezahlen. Das wollte ihm nun gar nicht gefallen. Als aber ein altes armes Weib vorüberging, dachte er: »Gelingt nicht das Eine, so gelingt wohl das Andre,« nahm das Weib und legte es in die Esse, und wie sehr sie auch weinen und um ihr Leben bitten mochte, es half ihr nichts. »Du siehst gar nicht Deinen eignen Vortheil ein,« sagte der Schmied: »nun sollst Du im Augenblick wieder eine schöne Jungfrau werden, und will doch für meine Mühe keinen Schilling von Dir nehmen.« Es ging aber mit dem armen Weibe nicht besser, als mit dem Pferd. »Das war nicht gut gemacht!« sagte der Herr Christus. »O, es wird wohl nicht viel von ihr die Rede sein,« sagte der Schmied: »aber schändlich ist es von dem Teufel, daß er nicht besser sein Wort hält, wie's über der Thür steht!« — »Wenn ich Dir nun drei Wünsche gewährte,« sagte der Herr: »Was wolltest Du Dir dann wohl wünschen?« — »Versuch es,« sagte der Schmied: »dann wirst Du's erfahren.« Da gab der Herr Christus ihm drei Wünsche; und nun sagte der Schmied: »Zu allererst wünsche ich, daß Der, welchen ich auf jenen Birnbaum klettern heiße, so lange drauf sitzen bleibe, bis es mir gefällt, ihn wieder herunter zu lassen; für's zweite wünsche ich, daß Der, welchen ich in meinen Lehnstuhl sich niedersetzen heiße, so lange drin sitzen bleibe, bis ich ihm wieder aufzustehen erlaube; und endlich wünsche ich, daß Der, welcher in den stählernen Geldbeutel kriecht, den ich in meiner Tasche habe, so lange drin bleibe, bis ich ihm Erlaubniß gebe, wieder herauszukriechen.« — »Du hast gewünscht wie ein thörichter Mann,« sagte St. Petrus: »zuerst und vornehmlich hättest Du Dir Gottes Gnade und Freundschaft wünschen sollen.« — »Ich durfte nicht so hoch hinaus,« sagte der Schmied. Hierauf nahmen unser Herr Christus und St. Petrus Abschied von ihm und gingen weiter.

Die Zeit verstrich allmählich, und endlich war die Frist um, und der Teufel kam und wollte den Schmied holen, so wie im Contracte stand. »Bist Du fertig?« fragte der Teufel und steckte den Kopf zur Thür hinein. »Ach,« sagte der Schmied: »ich muß nothwendig noch erst einen Kopf an diesem Nagel schlagen; steige Du indessen auf den Birnbaum und pflücke Dir eine Birne; denn Du bist wohl hungrig und durstig von der Reise.« Der Teufel dankte für gutes Anerbieten und kletterte auf den Birnbaum. »Ja, wenn ich's recht bedenke,« sagte der Schmied: »so krieg ich in den ersten vier Jahren den Kopf noch gar nicht an dem Nagel zurecht geschlagen; denn das Eisen ist so verteufelt hart. Herunter darfst Du aber in dieser Zeit nicht, sondern kannst so lange da sitzen bleiben und Dich ausruhen.« Der Teufel bat und bettelte, »so dünn wie ein Blechpfennig,« der Schmied möchte ihn doch wieder herunterlassen; aber all sein Bitten und Betteln half ihm nichts. Zuletzt mußte er dem Schmied versprechen, er wolle nicht eher wiederkommen, als bis die vier Jahre um wären; und da durfte er denn wieder herunter.

Als nun die Zeit verstrichen war, kam der Teufel abermals, um den Schmied zu holen. »Nun hast Du wohl endlich den Kopf an dem Nagel fertig,« sagte er. »Ja, den Kopf hab' ich fertig,« versetzte der Schmied: »aber dennoch kommst Du mir ein ganz klein wenig zu früh, denn ich habe noch die Spitze nicht geschärft; so verdammt hartes Eisen hab' ich noch nie zuvor geschmiedet. Während ich nun die Spitze an dem Nagel schärfe, kannst Du Dich ein wenig in meinen Lehnstuhl niederlassen und Dich ausruhen; denn Du bist wohl müde von der Reise, kann ich mir denken.« — »Ich danke für gutes Anerbieten,« sagte der Teufel und setzte sich in den Lehnstuhl. Kaum aber hatte er sich niedergesetzt, so sagte der Schmied: »Wenn ich's nun recht bedenke, so krieg' ich die Spitze in den ersten vier Jahren noch gar nicht geschärft.« Der Teufel bat anfangs sehr höflich, der Schmied möchte ihn doch wieder frei lassen, und da alles Bitten nichts half, fing er an zu drohen. Aber der Schmied entschuldigte sich und sagte, das Eisen wäre an Allem schuld, denn es wäre so verdammt hart. Übrigens tröstete er den Teufel und sagte, er säße in seinem Stuhl ja bequem und gemächlich, er solle sich die Zeit nicht lang werden lassen, denn um vier Jahre solle er auf die Minute wieder frei werden. Es war nun kein andrer Rath: der Teufel mußte ihm versprechen, ihn nicht eher holen zu wollen, als bis die vier Jahre um wären. Als er ihm das versprochen hatte, sagte der Schmied: »So magst Du denn wieder aufstehen.« Der Teufel — hast Du mich nicht gesehen! auf und davon.

Nach vier Jahren kam der Teufel abermals, um den Schmied zu holen. »Nun bist Du wohl endlich fertig,« sagte er, indem er den Kopf zur Thür hereinsteckte. »Fix und fertig!« antwortete der Schmied: »und jetzt kann's losgehen, wann Du willst.« »Aber,« sagte er: »da ist Eins, worüber ich mir oft den Kopf zerbrochen habe; sage mir doch, ist es wahr, Was die Leute sagen, daß der Teufel sich so klein machen kann, als er will?« — »Freilich ist es wahr!« versetzte der Teufel. »O, dann könntest Du mir wohl den Gefallen thun und in diesen stählernen Beutel hineinkriechen und zusehen, ob im Boden kein Loch ist,« sagte der Schmied: »ich bin so bange, daß ich mein Reisegeld daraus verliere.« — »Recht gern,« sagte der Teufel, machte sich ganz klein und kroch in den Beutel. Kaum aber war er hinein, so machte der Schmied den Beutel zu. »Er ist überall ganz und dicht,« sagte der Teufel drinnen. »Na, das ist nur gut,« sagte der Schmied: »aber besser ist's, vorbedacht, als klug nachher; darum will ich Sicherheits halber den Beutel lieber ein wenig schweißen,« und damit legte er den Beutel in die Esse und machte ihn glühend. »Au! au! bist Du denn toll?« rief der Teufel: »weißt Du nicht, daß ich drinnen bin?« — »Ich kann Dir nicht helfen,« sagte der Schmied: »ein altes Sprichwort sagt: »Man muß das Eisen schmieden, während es warm ist,« und damit nahm er seinen großen Hammer, legte den Beutel auf den Amboß und schlug zu all was er konnte. »Au! au!« schrie der Teufel im Beutel: »laß mich bloß hinaus, ich will auch nun und nimmermehr wiederkommen.« — »Ja, ich glaube, jetzt ist er gut geschweißt,« sagte der Schmied: »so magst Du denn wieder herauskriechen.« Damit machte er den Beutel auf, und der Teufel heraus und auf und davon in solcher Hast, daß er sich auch nicht einmal umsah.

Als aber eine Zeit vergangen war, dachte der Schmied, er hätte doch wohl unrecht gethan, sich den Teufel zum Unfreund zu machen; »denn,« dachte er: »sollte ich nicht in den Himmel kommen, so könnte ich riskiren, keine Herberge zu finden, weil ich mich mit Dem, der das Regiment in der Hölle hat, überworfen habe; darum ist's besser, ich versuche, je eher, je lieber, entweder in die Hölle, oder in den Himmel zu kommen, damit ich doch weiß, woran ich bin,« und damit nahm er seinen Hammer auf den Nacken und machte sich auf den Weg. Als er ein gutes Ende gegangen war, kam er zu einem Kreuzweg, wo die Straße zum Himmel und die Straße zur Hölle sich theilen. Da traf er mit einem Schneidergesellen zusammen, der mit seinem Bügeleisen in der Hand dahin trippelte. »Guten Tag!« sagte der Schmied: »wo geht die Reise hin?« — »Nach dem Himmel,« sagte der Schneider: »wenn ich bloß hineinschlüpfen könnte — und Du?« — »Wir gehen dann wohl nicht zusammen,« sagte der Schmied: »ich habe gedacht, es erst in der Hölle zu versuchen; denn ich habe ein wenig Bekanntschaft mit dem Teufel von früherher.« Darauf nahmen sie von einander Abschied, und jeder zog seine Straße. Aber der Schmied war ein starker, kräftiger Mann und ging weit schneller, als der Schneider, und da dauerte es nicht lange, so stand er vor der Höllenpforte. Er ließ sich von der Wache anmelden und sagen, es stände Jemand draußen vor der Hölle, der wolle gern ein Wort mit dem Teufel sprechen. »Geh hinaus und frage, Wer es ist,« sagte der Teufel zu der Wache, und die Wache ging hinaus. »Grüße nur den Teufel von mir,« war die Antwort: »und sage ihm, es sei der Schmied, der den Beutel hätte — er wüßte wohl, und dann bitt' ihn, daß er mich nur gleich hineinlasse; denn erstlich hab' ich heut den ganzen Vormittag geschmiedet, und dann hab' ich einen langen Weg gemacht.« Als der Teufel diesen Bescheid erhielt, befahl er der Wache, alle neun Schlösser an der Höllenpforte zuzumachen und noch ein großes Hängeschloß vorzulegen; »denn,« sagte er: »kommt er herein, so richtet er lauter Unfug in der Hölle an.« — »Hier ist also kein Quartier für dich!« sagte der Schmied bei sich selbst, als er hörte, wie man drinnen die Pforte verrammte: »ich muß es darum wohl im Himmel versuchen,« und damit machte er Kehrum, ging zurück nach dem Kreuzweg und schlug die Straße ein, die der Schneider gegangen war. Weil es ihn nun verdroß, daß er den langen Weg hin und zurück hatte gehen müssen ohne Nutzen, holte er aus, was er nur konnte, und kam eben bei der Himmelspforte an, als St. Petrus sie ein wenig öffnete, um den Schneider hineinzulassen. Der Schmied war wohl noch sechs bis sieben Schritte davon. »Jetzt ist es am besten, daß ich mich spute,« dachte er, griff nach seinem Hammer und warf ihn in die Thürritze, als eben der Schneider hineinschlüpfte. Kam der Schmied aber nicht durch die Öffnung hinein, so weiß ich nicht, wo er geblieben ist.

22.
Der Hahn und die Henne.[5]

Die Henne. Du versprichst mir Schuh Jahr aus, Jahr ein, und ich krieg' nimmer keine Schuh nicht.

Der Hahn. Kannst Du warten, so kriegst Du wohl Schuh.

Die Henne. Ich lege Eier und thu', Was ich kann, und doch geh' ich barfuß allezeit.

Der Hahn. So nimm Deine Eier und reise nach der Stadt und kauf Dir Schuh und geh nicht länger barfuß!

23.
Der Hahn, der Kukuk und der Auerhahn.

Der Hahn, der Kukuk und der Auerhahn hatten einmal eine Kuh zusammen gekauft. Da es nun nicht anging, sie zu theilen, und sie sich auch nicht um die Ausbezahlung vergleichen konnten, kamen sie dahin überein, daß Der, welcher am Morgen zuerst erwachte, die Kuh haben solle. Darauf erwachte der Hahn zuerst:

»Mein ist die Kuh!
Mein ist die Kuh!«

rief der Hahn. Während der Hahn noch kräh'te, erwachte der Kukuk:

»Halb Kuh!
Halb Kuh!«

rief der Kukuk. Während der Kukuk noch rief, erwachte der Auerhahn:

»Theilt, meine Brüder,
Wie recht und billig —
Recht und billig!
Tschio! tschi!«

rief der Auerhahn. Kannst Du mir nun sagen, Wer jetzt die Kuh haben sollte?

24.
Lillekort.[6]

Es waren einmal ein Paar Eheleute, die wohnten in einer elenden Hütte, worin Nichts war, als die liebe Armuth; denn sie hatten weder zu beißen, noch zu brocken. Hatten sie aber sonst Nichts, so hatten sie doch einen Gottessegen an Kindern, und jedes Jahr bekamen sie noch mehr. Nun war es eben um die Zeit, daß sie wieder eins erwarteten. Darüber war der Mann sehr verdrießlich und murrte und brummte den ganzen Tag und sagte, nachgerade könne es doch wohl einmal Genug sein von diesen Gaben Gottes. Und als die Zeit kam, da die Frau gebären sollte, ging er fort ins Holz, weil er, wie er sagte, den neuen Schreihals nicht hören wollte; denn er bekäme ihn doch noch früh genug zu hören, sagte er: wenn er nachher nach Essen grölte.

Als der Mann gegangen war, gebar die Frau einen allerliebsten Knaben, der sah sich in der Stube rings um, that den Mund auf und sprach: »Liebe Mutter, gieb mir nur ein paar alte Kleider von meinen Brüdern und einen Schnappsack mit Essen auf ein paar Tage; dann will ich hinauswandern in die Welt und mein Glück versuchen; denn Du hast, wie ich wohl sehe, doch noch Kinder genug zu ernähren.« — »Ach, Gott helfe mir, mein Sohn!« sagte die Mutter: »Du bist ja noch viel zu klein, um schon in die Welt auszuwandern; das kann ich nimmermehr zugeben.« Aber der Knabe bat so lange, bis die Mutter ihm zuletzt einige alte Lappen zusammensuchte und ihm etwas Essen in ein Tuch knüpfte, und damit schritt er froh und fröhlich hinaus in die Welt. Kaum aber war er gegangen, so gebar die Frau noch einen Knaben, der sah auch um sich her und sagte darauf: »Ach, liebe Mutter, gieb mir nur ein paar alte Kleider von meinen Brüdern und auf ein paar Tage zu essen, dann will ich hinauswandern in die Welt und meinen Zwillingsbruder aufsuchen; denn Du hast, wie ich wohl sehe, doch noch Kinder genug zu ernähren.« — »Ach, Gott helf mir! Du bist ja noch viel zu klein, Du armer Wicht!« sagte die Frau: »das kann ich nimmermehr zugeben.« Aber der Knabe bat so lange, bis sie ihm denn einige alte Lappen zusammensuchte und ihm etwas Essen in ein Tuch knüpfte, und damit wanderte er noch so mannhaft in die Welt hinaus, um seinen Zwillingsbruder aufzusuchen. Als er nun eine Zeitlang fortgewandert war, wurde er seinen Bruder ansichtig. »Holla, heda!« rief er ihm zu: »Du legst ja los, als ob's für Geld ginge. Du hättest doch erst ein wenig warten und Dich nach Deinem jüngern Bruder umsehen sollen, eh' Du so patzig in die Welt hinausmarschirtest.« Der älteste Bruder stand still und sah sich nach ihm um, und als nun der jüngste zu ihm gekommen war und ihm erzählt hatte, wie die Sache zusammenhing, und daß er sein Bruder sei, sagte er: »Aber jetzt wollen wir uns hier niedersetzen und mal zusehen, Was unsre Mutter uns zum Mundschmack mitgegeben hat,« und darauf setzten sie sich nieder und erfrischten sich.

Wie sie nun etwas weiter gegangen waren, kamen sie zu einem Bach, der durch ein grünes Feld floß. Da sagte der jüngste: »Hier wollen wir einander einen Namen geben, da man uns zu Hause doch nicht getauft hat, weil wir so schnell ausgewandert sind.« — »Wie willst Du denn heißen?« fragte der älteste. »Ich will Lillekort heißen,« erwiederte der andre: »und Du?« — »Ich will König Lavring heißen,« sagte der älteste. Nun tauften sie einander und gingen dann weiter. Endlich kamen sie zu einem Kreuzweg, und nun wurden sie darüber einig, daß jeder seine eigne Straße ziehen sollte. Sie trennten sich daher; aber sie waren noch nicht sehr weit gegangen, so trafen sie wieder zusammen. Sie trennten sich darauf abermals, und jeder zog seine Straße; aber ehe sie sich's versahen, waren sie wieder beisammen, und so geschah es auch zum dritten Mal. Da verabredeten sie, daß jeder nach einer besondern Richtung, nämlich der eine nach Osten, und der andre nach Westen, gehen solle. »Kommst Du aber einmal in Noth und große Gefahr,« sagte der älteste: »dann rufe mich nur dreimal laut bei Namen, alsdann werde ich Dir zu Hülfe kommen; aber Du musst mich ja nicht rufen, eh' Du nicht in der äußersten Noth bist.« — »Dann wird's wohl lange dauern, eh' wir uns wiedersehen,« versetzte Lillekort. Darauf sagten sie einander Lebewohl, und jeder zog seines Weges, Lillekort nach Osten, und König Lavring nach Westen.

Als nun Lillekort eine gute Weile gewandert hatte, begegnete ihm ein altes, krummpuckliges Weib, das nur ein Auge hatte; das stahl Lillekort ihr. »Au! au!« rief das Weib: »wo ist mein Auge geblieben?« — »Was giebst Du mir, wenn ich's Dir wiedergebe?« sagte Lillekort. »Ich gebe Dir ein Schwert, womit Du eine ganze Kriegsmacht niedermetzeln kannst, und wenn sie auch noch so groß wäre,« antwortete das Weib. »Ja, gieb her!« sagte Lillekort. Das Weib gab ihm darauf das Schwert und erhielt dafür ihr Auge zurück. Nun ging Lillekort weiter, und nach einer Weile begegnete ihm wieder ein altes krummpuckliges Weib mit einem Auge, das stahl Lillekort ihr, eh' sie wußte, wie ihr geschah. »Au! au! wo ist mein Auge geblieben?« rief sie. »Was giebst Du mir, wenn ich's Dir wiedergebe?« sagte Lillekort. »Ein Schiff, das über Süß- und Salzwasser, über Berg' und tiefe Thäler geht,« antwortete das Weib. »Ja, gieb her!« sagte Lillekort. Das Weib gab ihm darauf ein ganz kleines Schiff, so klein, daß man's in die Tasche stecken konnte, und dafür erhielt sie ihr Auge zurück, und jeder ging seines Weges. Als Lillekort nun wieder eine gute Strecke gewandert war, begegnete ihm zum dritten Mal ein altes krummpuckliges Weib mit einem Auge; das stahl Lillekort ebenfalls, und als das Weib schrie und sich geberdete und fragte, wo ihr Auge geblieben sei, sagte Lillekort: »Was giebst Du mir, wenn ich's Dir wiedergebe?« — »Ich lehre Dir die Kunst, hundert Lasten Malz auf einmal zu verbrauen,« sagte sie. Für diese Kunst erhielt nun das Weib ihr Auge zurück, und jeder zog seines Weges.

Als nun Lillekort ein kleines Ende gegangen war, wollte er einmal das Schiff probiren. Er nahm es daher aus der Tasche und steckte den einen Fuß hinein; da ward das Schiff weit größer; und als er nun auch den andern Fuß nachzog, ward es so groß, wie die Schiffe, die in der See gehen. Da sprach Lillekort: »Fahr hin über Salzwasser und Süßwasser, über Berg' und tiefe Thäler, bis daß du kommst zu des Königs Schloß!« — und fort saus'te das Schiff, wie ein Vogel durch die Luft, bis daß es zum Königsschloß kam; da stand es still. Drinnen im Schloß aber hatten die Leute von den Fenstern aus gesehen, wie Lillekort dahergesegelt kam. Darüber waren nun Alle sehr verwundert und liefen hinunter, um zu sehen, was Das für Einer wäre, der so auf einem Schiff durch die Luft gefahren kam. Während sie aber hinunterliefen, war Lillekort schon aus seinem Schiff herausgestiegen und hatte es wieder in die Tasche gesteckt; denn sowie er nur mit den Füßen hinaustrat, ward es wieder so klein, als es war, da er es von der Alten bekommen hatte. Die Leute vom Königsschloß sahen nun nichts Anders, als einen kleinen in Lumpen gehüllten Knaben, der da am Ufer stand. Der König fragte ihn, wo er her wäre. Der Knabe aber sagte, das wüßte er nicht, und eben so wenig wußte er zu sagen, auf welche Weise er hergekommen sei, bat aber inständig um einen Dienst auf dem Schloß und sagte, wenn sie nichts Anders für ihn zu thun hätten, so könne er ja der Köchinn Holz und Wasser zutragen. Diese Bitte ward ihm denn auch gewährt. Als Lillekort aber auf das Schloß kam, sah er, daß Alles, sowohl inwendig, als auswendig, selbst die Wände und das Dach, mit Schwarz bezogen war. Er fragte deßhalb die Köchinn, Was das zu bedeuten hätte. »Das will ich Dir sagen,« antwortete die Köchinn: »Die Königstochter ist schon vor langer Zeit an drei Trollen versprochen worden, und am nächsten Donnerstag-Abend wird der eine kommen und sie abholen. Der Ritter Röd hat sich zwar verbürgt, sie zu befreien; aber Gott mag wissen, ob er's kann, und darum ist hier Alles so voll Sorge und Betrübniß, wie Du wohl denken kannst.«

Als es nun am Donnerstag-Abend um die Zeit war, führte der Ritter Röd die Prinzessinn hinaus ans Meerufer — denn da war es, wo der Troll sie abholen wollte — und da sollte nun der Ritter Röd sie in Schutz nehmen; aber er that dem Trollen eben keinen großen Schaden, will ich glauben; denn kaum hatte die Prinzessinn sich am Ufer niedergesetzt, so kroch der Ritter auf einen großen Baum, welcher da stand, und verbarg sich zwischen die Zweige, so gut er konnte. Die Prinzessinn weinte und bat ihn so flehentlich, er möchte sie doch nicht verlassen; aber der Ritter Röd achtete nicht auf ihr Bitten, sondern sagte: »Es ist besser, daß Einer das Leben verliert, als daß Zwei umkommen.«

Inzwischen bat Lillekort die Köchinn um Erlaubniß, ein wenig an den Strand zu gehen. »O, Was willst Du da?« sagte die Köchinn: »Du hast da Nichts zu thun.« — »Ach ja, liebe Köchinn, laß mich nur hingehen,« sagte Lillekort: »ich wollte so gern mit den andern Kindern ein wenig spielen.« — »Na, geh denn!« sagte die Köchinn: »aber daß Du nur nicht länger ausbleibst, als bis der Kessel zum Abendessen über's Feuer gehängt, und der Braten an den Spieß gesteckt wird! und bring' dann einen tüchtigen Armvoll Holz mit in die Küche!« Ja, das wollte Lillekort nicht vergessen, und damit lief er fort ans Ufer.

Als er eben dort ankam, wo die Königstochter saß, kam auch schon der Troll dahergesaus't, er war so groß und so dick, daß es ganz abscheulich aussah, und fünf Köpfe hatte er. »Feuer!« schrie der Troll. »Feuer gleichfalls!« sagte Lillekort. »Kannst Du fechten?« rief der Troll. »Kann ich's nicht, so kann ich's lernen,« sagte Lillekort. Darauf schlug der Troll mit einer dicken eisernen Stange, die er in der Faust hielt, nach ihm, so daß die Erde ihm fünf Ellen hoch über den Kopf flog.

»Twi!« sagte Lillekort: »Das war auch was Rechtes! Nun sollst Du aber einen Schlag von mir sehen!« und damit ergriff er sein Schwert, das er von dem alten krummpuckligen Weib bekommen hatte, und hieb damit nach dem Trollen, so daß alle fünf Köpfe über den Sand hinflogen. Als die Prinzessinn sich nun befrei't sah, war sie so froh, daß sie sich vor Freude gar nicht zu lassen wußte. »Schlaf nun ein Stündchen auf meinem Schoß!« sagte sie zu Lillekort, und während er nun auf ihrem Schoß lag und schlief, zog sie ihm ein goldnes Kleid an.

Nun dauerte es nicht lange, so kroch der Ritter Röd wieder vom Baum herunter, weil er sah, daß jetzt keine Gefahr mehr für ihn vorhanden war. Er brachte die Prinzessinn durch Drohungen dahin, daß sie sagen mußte, er sei es, der sie befrei't habe, und wenn sie das nicht sagte, wollte er ihr das Leben nehmen. Darauf schnitt er dem Trollen die Lungen aus dem Leib und die Zungen aus den Köpfen, und führte dann die Prinzessinn wieder zurück nach dem Königsschloß. Und hatte man dem Ritter zuvor keine Ehre angethan, so that man es jetzt; der König wußte gar nicht, was er alles ersinnen sollte, um ihn zu ehren, und immer mußte der Ritter Röd bei Tafel ihm zur Seite sitzen. Lillekort aber begab sich auf das Trollschiff, nahm eine ganze Menge goldne und silberne Faßreifen, und damit kehrte er zurück nach dem Schloß. Als die Köchinn all das Gold und Silber sah, das er brachte, war sie ganz erstaunt darüber und sagte: »Mein lieber kleiner Lillekort, wo hast Du denn all die schönen Sachen herbekommen?« denn sie befürchtete, er möchte nicht auf eine ehrliche Weise dazu gekommen sein. »O,« antwortete Lillekort: »ich bin zu Hause gewesen, und da waren diese Reifen von einem Eimer abgefallen, und da hab' ich sie für Dich mitgenommen.« Als die Köchinn hörte, daß sie die Reifen haben solle, fragte sie nicht weiter, sondern bedankte sich bei Lillekort, und damit war Alles gut.

Den andern Donnerstag-Abend ging es wieder eben so: Alle waren voll Sorge und Betrübniß; allein der Ritter Röd sagte, hätte er die Königstochter von dem einen Trollen befrei't, so würde er sie jetzt auch wohl von dem zweiten befreien, und damit geleitete er sie noch so kecklich wieder hinaus ans Meerufer. Aber er that auch diesmal dem Trollen eben keinen großen Schaden; denn als es um die Zeit war, daß man den Trollen erwartete, sagte er wieder, wie das vorige Mal: »Es ist besser, daß Einer das Leben verliert, als daß Zwei umkommen,« und damit kroch er wieder auf den Baum.

Lillekort aber bat die Köchinn wieder um Erlaubniß, ein wenig an den Strand zu gehen. »O, Was willst Du da?« sagte die Köchinn. »Ja, liebe Köchinn, laß mich nur gehen,« sagte Lillekort: »ich wollte gern mit den andern Kindern ein wenig spielen.« Da gab sie ihm denn auch diesmal Erlaubniß; aber das mußte er ihr versprechen, daß er zurück sein wollte, wenn der Braten gewendet werden sollte, und dann müßte er einen guten Armvoll Holz mitbringen.

Kaum war Lillekort am Ufer angelangt, so kam auch schon der Troll daher, daß es nur so saus'te; er war noch einmal so groß, als der vorige, und hatte zehn Köpfe. »Feuer!« schrie der Troll. »Feuer gleichfalls!« sagte Lillekort. »Kannst Du fechten?« rief der Troll. »Kann ich's nicht, so kann ich's lernen,« sagte Lillekort. Darauf schlug der Troll mit seiner eisernen Stange nach ihm — die war noch einmal so groß, als die des ersten Trollen — so daß die Erde ihm zehn Ellen hoch über den Kopf flog. »Twi!« sagte Lillekort: »das war auch was Rechtes! Nun sollst Du einen Schlag von mir sehen!« und damit ergriff er sein Schwert und hieb nach dem Trollen, so daß alle zehn Köpfe über den Sand hintanzten.

Darauf sagte die Königstochter wieder zu ihm: »Schlaf jetzt ein Stündchen auf meinem Schoß!« und während Lillekort nun auf ihrem Schoß lag und schlief, zog sie ihm ein silbernes Kleid an. Sobald der Ritter Röd merkte, daß keine Gefahr mehr vorhanden war, kroch er wieder vom Baum herunter und zwang die Prinzessinn abermals durch Drohungen, zu sagen, daß er es sei, der sie befrei't habe. Darauf nahm er die Zungen und die Lungen des Trollen, knüpfte sie in sein Taschentuch und geleitete die Königstochter wieder zurück nach dem Schloß. Hier war nun lauter Freude und Jubel, wie man sich wohl denken kann, und der König wußte gar nicht, Was er alles angeben sollte, um dem Ritter Röd genugsam Ehre und Achtung zu erweisen.

Lillekort aber ging auf das Trollschiff und nahm einen ganzen Armvoll Gold- und Silberreifen mit sich. Als er zurück auf das Schloß kam, schlug die Köchinn die Hände über dem Kopf zusammen und konnte sich nicht genug wundern über all das Gold und Silber, das er mitbrachte. Aber Lillekort sagte, er wäre zu Hause bei seiner Mutter gewesen, und da hätte er die Reifen gesammelt, die von den Eimern abgefallen wären, um sie der Köchinn zu bringen.

Als nun der dritte Donnerstag-Abend kam, ging es wieder eben so, wie die beiden vorigen Male: Das ganze Schloß war aus- und inwendig mit Schwarz behängt, und Alle waren voll Sorge und Betrübniß. Aber der Ritter Röd sagte, sie hätten eben nicht nöthig, in Furcht zu sein; denn hätte er die Prinzessinn von zwei Trollen befrei't, so könnte er sie auch wohl von dem dritten befreien. Darauf führte er die Prinzessinn hinaus ans Ufer. Als es aber um die Zeit war, daß der Troll kommen sollte, kroch der Ritter Röd wieder auf den Baum und verbarg sich. Die Prinzessinn weinte und bat; aber es half Alles nichts; er blieb bei dem Alten: es sei besser, daß Einer das Leben verlöre, als daß Zwei umkämen.

Lillekort bat wieder um Erlaubniß, an den Strand hinauszugehen. »Ach, was willst Du da?« sagte die Köchinn; aber er bat so lange, bis sie es ihm denn zuletzt erlaubte; doch mußte er versprechen, daß er wieder zu Hause sein wollte, wenn der Braten gewendet werden sollte. Kaum aber war er darauf ans Ufer gekommen, so kam auch schon der Troll angesaus't; er war noch weit größer, als der vorige, und hatte funfzehn Köpfe. »Feuer!« schrie der Troll. »Feuer gleichfalls!« sagte Lillekort. »Kannst Du fechten?« rief der Troll. »Kann ich's nicht, so kann ich's lernen,« sagte Lillekort. »Ich will Dich belernen!« rief der Troll und holte mit seiner eisernen Stange aus, daß die Erde funfzehn Ellen hoch in die Luft fuhr. »Twi!« sagte Lillekort: »das war auch was Rechtes! Nun sollst Du aber einen Schlag von mir sehen!« und damit ergriff er sein Schwert und hieb nach dem Trollen, daß alle funfzehn Köpfe über den Sand hintanzten.

Da war nun die Prinzessinn erlös't; sie dankte Lillekort für ihre Rettung und sagte dann wieder: »Schlaf jetzt ein Stündchen auf meinem Schoß!« und während Lillekort nun da lag und schlief, zog ihm die Prinzessinn ein Kleid von Messing an. Als er aufwachte, fragte sie ihn: »Wie soll es aber jetzt an den Tag kommen, daß Du es bist, der mich erlös't hat?« — »Das will ich Dir sagen,« versetzte Lillekort: »Wenn nun der Ritter Röd Dich wieder nach Hause geleitet und sich für Den ausgiebt, der Dich erlös't hat, dann weißt Du wohl, soll er Dich und das halbe Reich haben. Wenn man Dich aber dann am Hochzeitstage fragt, Wen Du zum Mundschenken haben willst, dann sollst Du sagen: »Ich will den kleinen Buben haben, der in der Küche ist und der Köchinn Holz und Wasser zuträgt.« Wenn ich Dir dann den Wein einschenke, werde ich einen Tropfen auf dem Ritter seinen Teller verschütten, aber nicht auf Deinen; dann wird er wohl böse werden und mich schlagen, und das wiederholt sich dreimal. Das dritte Mal aber sollst Du sagen: »Schande über Dich, daß Du meinen Herzgeliebten schlägst! denn er hat mich befrei't und ihn will ich haben.«« Nachdem Lillekort mit der Prinzessinn diese Verabredung getroffen, begab er sich wieder aufs Schloß; zuvor aber nahm er aus dem Trollschiff noch eine ganze Menge Gold und Silber und andre Kostbarkeiten mit, und der Köchinn brachte er wieder einen ganzen Armvoll Gold- und Silberreifen.

Kaum sah der Ritter Röd, daß alle Gefahr vorbei war, als er von dem Baum herunterkroch und die Königstochter wieder durch Drohungen dahin vermochte, zu sagen, er sei es, der sie befrei't habe. Darauf geleitete er sie zurück nach dem Schloß; und hatte man ihm zuvor noch nicht Ehre genug angethan, so that man es jetzt. Der König sann und dachte auf nichts Anders, als wie er ihn gebührend dafür belohnen sollte, daß er seine Tochter von den drei Trollen befrei't hatte, und es däuchte ihm jetzt das Allergeringste, wenn er ihm die Prinzessinn und das halbe Reich gäbe. Am Hochzeitstage aber bat die Prinzessinn, daß man ihr den kleinen Buben, der in der Küche sei und der Köchinn Holz und Wasser zutrüge, zum Mundschenken bei der Hochzeitstafel geben möchte. »Ach, was willst Du mit dem schmutzigen Lumpenjungen?« sagte der Ritter Röd. Aber die Prinzessinn sagte, daß sie ihn zum Mundschenken haben wolle, und keinen Andern; und da mußte man ihr denn nachgeben.

Hierauf ging Alles so, wie es zwischen Lillekort und der Königstochter verabredet war. Lillekort verschüttete dreimal einen Tropfen Wein auf den Teller des Ritters Röd, und jedesmal ward der Ritter zornig und schlug ihn. Beim ersten Schlag fiel dem Knaben das Lumpenkleid ab, das er in der Küche trug; beim zweiten Schlag fiel ihm das Kleid von Messing ab, und beim dritten Schlag das silberne Kleid, so daß er nun da stand in seinem goldnen Kleide, so blank und prächtig, daß es nur so glitzerte. Da sagte die Königstochter: »Schande über Dich, daß Du meinen Herzgeliebten schlägst; denn er hat mich befrei't, und ihn will ich haben!« Der Ritter Röd schwur und fluchte, daß er es sei, der sie befrei't hätte, und kein Andrer. Da sprach der König: »Wer meine Tochter befrei't hat, der kann auch wohl die Wahrzeichen aufweisen.« Da lief der Ritter Röd hin und holte sein Tuch mit den Lungen und Zungen; Lillekort aber holte das Gold und Silber und alle die Kostbarkeiten, die er aus dem Trollschiff mitgenommen hatte, und jeder legte das seinige vor den König hin. Da sprach der König: »Wer solche kostbare Sachen von Gold und Silber und Diamanten aufzuweisen hat, der muß auch wohl die Trollen getödtet haben; denn Dergleichen findet man nicht bei Andern.« Und darauf wurde der Ritter Röd in die Schlangengrube geworfen, und Lillekort sollte jetzt die Prinzessinn und das halbe Reich haben.

Als nun der König eines Tages mit Lillekort spazieren ging, fragte dieser ihn, ob er nicht noch mehr Kinder hätte. »Ja,« sagte der König: »ich habe noch eine Tochter gehabt; aber die hat mir ein Troll genommen, weil hier Niemand war, der sie befreien konnte. Kannst Du sie aber befreien, so sollst Du auch sie und das andre halbe Reich dazu haben.« — »Ich will's versuchen,« sagte Lillekort: »dann muß ich aber eine eiserne Kette haben, fünfhundert Ellen lang, und fünfhundert Mann muß ich mit haben und Proviant für sie auf funfzehn Wochen; denn ich muß weit zur See fort.« Ja, das sollte er alles bekommen; nur befürchtete der König, er möchte kein Schiff haben, welches groß genug wäre, alles das zu tragen. »Ich habe selbst ein Schiff,« sagte Lillekort und nahm aus seiner Tasche das Schiff hervor, welches das alte Weib ihm gegeben hatte. Der König lachte und meinte, es wäre bloß sein Scherz; aber Lillekort sagte, man solle ihm nur Alles geben, was er verlangt hätte, dann solle der König nachher schon sehen. Man brachte hierauf alle die Sachen zusammen, und nun wollte Lillekort, daß man zuerst die eiserne Kette ins Schiff legen sollte; aber da war kein Einziger, der sie aufzuheben vermochte, und Viele konnten nicht auf einmal Platz um das kleine Schiff bekommen. Da nahm Lillekort selbst die Kette an dem einen Ende und legte einige Ringe davon ins Schiff, und wie er sie nach und nach weiter hineinbrachte, ward das Schiff immer größer, und zuletzt ward es so groß, daß sowohl die Kette, als die fünfhundert Mann nebst dem Proviant, und Lillekort sehr gut Platz darin hatten. Da sprach Lillekort: »Fahr hin über Süßwasser und Salzwasser, über Berg' und tiefe Thäler, bis daß du kommst, wo des Königs Tochter ist!« und sogleich fuhr das Schiff davon, daß es zischte und braus'te, über Land und über Wasser. — Als sie nun eine lange, lange Zeit gesegelt hatten, stand das Schiff eines Tages plötzlich auf der See still. »Ja, nun sind wir glücklich an Ort und Stelle gekommen,« sagte Lillekort: »wie wir aber wieder fortkommen werden, das steht noch dahin.« Darauf nahm er die eiserne Kette und band sich das eine Ende um den Leib. »Jetzt muß ich zu Boden,« sagte er: »Wenn ich aber nachher wieder herauf will und einen starken Ruck an die Kette thu', dann müsst Ihr alle auf einmal anziehen für einen Mann, sonst kostet es mir und Euch das Leben,« und damit sprang er ins Wasser, daß die Wellen über ihn zusammenschlugen. Er sank tiefer und immer tiefer, und endlich kam er auf den Grund. Dort sah er einen Berg, worin eine Thür war, und da ging er hinein. In dem Berge nun fand er die Prinzessinn, welche eben mit ihrem Nähzeug beschäftigt war. »Ach, Gott sei Lob!« rief sie, als sie Lillekort erblickte, und klatschte in die Hände: »noch habe ich keine Menschenseele gesehen, so lange ich hier bin.« Lillekort sagte ihr, daß er gekommen sei, um sie wieder zu ihrem Vater zurückzubringen. »Ach, mich bekommst Du nicht mit,« sagte sie: »das wird Dir nicht gelingen; denn bekommt der Troll Dich zu sehen, kostet es Dir das Leben.« — »Gut, daß Du von ihm sprichst!« sagte Lillekort: »Wo ist er? Es könnte spaßhaft sein, ihn zu sehen.« Die Königstochter erzählte ihm darauf, daß der Troll ausgegangen wäre und Jemanden suchte, der hundert Lasten Malz auf einmal zu Bier brauen könne; denn der Troll wollte ein Gastmahl geben, und dabei verschlug keine geringere Quantität. »Das kann ich,« sagte Lillekort. »Wenn nur der Troll nicht so jachzornig wäre, daß ich es ihm sagen könnte, eh' er Dich erblickt,« versetzte die Prinzessinn: »aber er ist so wüthend, daß er Dich den Augenblick in Stücke zerreißt, wenn er Dich gewahr wird. Indessen verbirg Dich nur hier so lange in den Bettverschlag, dann will ich sehen, Was zu thun ist.« Das that denn Lillekort, und kaum war er in seinem Versteck, so kam auch schon der Troll an. »Houf! es riecht hier so nach Menschenfleisch!« rief er. »Ja, es flog hier ein Vogel über's Dach mit einem Menschenknochen im Schnabel, den ließ er durch den Schornstein fallen,« versetzte die Königstochter: »ich habe mich zwar beeilt, ihn hinwegzuschaffen, aber es muß wohl noch der Geruch davon zurückgeblieben sein.« — »Ja, das ist's wohl!« sagte der Troll. Darauf fragte die Prinzessinn ihn, ob er Jemanden gefunden habe, der hundert Lasten Malz auf einmal zu Bier brauen könne. »Nein, da ist Keiner, der das kann,« sagte der Troll. »Vor einer Weile war Einer hier, der sagte, er könnte es,« versetzte die Königstochter. »Du bist nun immer so klug,« sagte der Troll: »warum ließest Du ihn denn gehen? Du wußtest doch, daß ich eben einen Solchen suche.« — »Ich hab' ihn auch nicht gehen lassen,« versetzte die Königstochter: »aber Du bist nun gleich immer so jachmüthig; darum verbarg ich ihn derweil in den Bettverschlag. Wenn Du also noch keinen tüchtigen Brauer gefunden hast, so kannst Du's ja mit ihm versuchen.« — »Ja, laß ihn kommen!« sagte der Troll. Als Lillekort nun hervorkam, fragte der Troll ihn, ob es wahr sei, daß er hundert Lasten Malz auf einmal zu Bier brauen könne. »Ja, das ist wahr,« antwortete Lillekort. »So ist's gut, daß ich Dich bekam,« sagte der Troll: »mach Dich nur gleich an die Arbeit! Aber Gnade Dir Gott, wenn Du das Bier nicht stark genug brau'st.« — »Es soll schon Geschmack kriegen,« sagte Lillekort und stellte sogleich das Geschirr zurecht. »Ich muß aber mehr Männer zum Zutragen haben,« sagte er: »denn die paar, die ich bekommen habe, können nicht Viel ausrichten.« Er erhielt nun noch mehr Leute, so viele, daß es von ihnen wimmelte, und darauf ging das Brauen los. Als nun die Würze fertig war, wollten Alle sie kosten, zuerst der Troll selbst, und nachher die Andern. Aber Lillekort hatte die Würze so stark gebrau't, daß sie todt umfielen, wie die Fliegen, sowie sie davon tranken. Zuletzt war Niemand mehr übrig, als ein altes kümmerliches Weib, das hinter dem Ofen lag. »Ach, Du Arme!« sagte Lillekort: »Du musst doch auch meine Würze kosten,« und damit ging er hin und füllte mit der Bütte auf, Was noch am Boden übrig geblieben, und gab es ihr. Da war er sie alle insgesammt quitt.

Als er nun da stand und sich umsah, ward er eine große Kiste gewahr, die nahm Lillekort und packte sie voll Gold und Silber, umschlang dann sich und die Prinzessinn und die Kiste mit der eisernen Kette und that einen Ruck daran aus allen Kräften. Da zogen die Leute auf dem Schiff alle auf einmal an und brachten sie gesund und behalten wieder herauf. Nun sprach Lillekort: »Fahr hin über Süßwasser und Salzwasser, über Berg' und tiefe Thäler, bis daß du kommst zu des Königs Schloß!« — und sogleich fuhr das Schiff davon, daß der Schaum zu beiden Seiten stand. Als Die, welche auf dem Schloß waren, das Schiff ankommen sahen, zogen sie alsbald hinaus mit Gesang und Spiel und empfingen Lillekort mit großer Freude. Am frohesten von Allen aber war der König, der jetzt seine Tochter wieder bekommen hatte.

Nun war aber Lillekort in Verlegenheit wegen der Prinzessinnen; denn beide wollten ihn haben, und er wollte nur die haben, welche er zuerst befrei't hatte, und das war die jüngste. Er sann und dachte lange darüber nach, wie er sich aus der Verlegenheit ziehen sollte; denn die jüngste wollte er nicht fahren lassen, und der andern wollte er auch nicht gern zuwider sein. Da fiel es ihm ein, wenn jetzt sein Bruder, König Lavring, da wäre, der ihm so ähnlich sah, daß Keiner sie von einander zu unterscheiden vermochte, so könnte der die andre Prinzessinn und das halbe Reich bekommen; denn er selbst wollte sich gern mit der einen Hälfte begnügen. Wie gedacht, so gethan: er ging vor's Schloß und rief laut den König Lavring bei Namen; aber es kam Niemand. Da rief er noch lauter; aber es fand sich auch diesmal Keiner ein. Zuletzt rief er aus allen Kräften — und da stand plötzlich sein Bruder vor ihm. »Ich sagte Dir ja, Du solltest mich nicht eher rufen, als bis Du in der äußersten Noth wärst,« sprach er: »und hier ist ja keine Mücke, die Dir Was zu Leide thun kann,« und damit schlug er auf ihn zu, daß Lillekort über die Wiese hinpurzelte. »Schande über Dich, daß Du mich so schlägst!« sagte Lillekort: »Erst hab' ich die eine Königstochter und das halbe Reich gewonnen, und nachher die andre Königstochter und das andre halbe Reich dazu, und nun wollte ich mit Dir theilen und Dir die eine Prinzessinn und die Hälfte des Königreichs abgeben. Däucht es Dir denn recht, mich also zu schlagen?« Als König Lavring das hörte, bat er seinen Bruder um Verzeihung, und da vertrugen sie sich alsbald und waren wieder gute Freunde. Darauf sprach Lillekort: »Du weißt, daß wir einander so ähnlich sehen, daß Niemand uns zu unterscheiden vermag; darum tausche Du jetzt Deine Kleider mit mir und geh hinauf auf das Schloß; dann werden die Prinzessinnen glauben, daß ich es bin, und die, welche Dich dann zuerst küsst, die nimmst Du, und die andre behalt ich.« Also sprach Lillekort; denn er wußte wohl, daß die älteste Königstochter auch die stärkste war, und konnte sich daher wohl denken, wie's kommen würde. König Lavring war sogleich bereit, zu thun, wie sein Bruder ihm gesagt hatte: er tauschte mit ihm seine Kleider und ging aufs Schloß. Als er nun zu den Prinzessinnen eintrat, glaubten sie, es sei Lillekort, und liefen beide sogleich auf ihn zu. Aber die älteste, welche die größte und stärkste war, schob die jüngere Schwester bei Seite, faßte König Lavring um den Hals und küßte ihn. Und so bekam denn König Lavring die älteste, und Lillekort die jüngste Prinzessinn. Da kann sich's denn wohl ereignet haben, daß eine Hochzeit ward, wovon man sich in sieben Königreichen zu erzählen wußte.

25.
Die Puppe im Grase.

Es war einmal ein König, der hatte zwölf Söhne. Als diese groß waren, sagte er zu ihnen, sie sollten fortreisen in die Welt und sich jeder eine Frau suchen, aber die sollte spinnen und weben und ein Hemd in einem Tag fertig nähen können, sonst wollte er sie nicht zur Schwiegertochter haben. Jedem von ihnen gab er ein Pferd und eine ganz neue Rüstung; und darauf reis'ten die Söhne fort in die Welt, um sich eine Frau zu suchen. Als sie aber eine Strecke Weges gereis't waren, sagten sie, Aschenbrödel wollten sie nicht mit haben; denn der tauge doch zu Nichts. Aschenbrödel mußte nun zurückbleiben und wußte gar nicht, wie er's anfangen sollte. Da ward er sehr niedergeschlagen, stieg von seinem Pferd herunter und setzte sich ins Gras hin und weinte. Als er aber eine Weile gesessen hatte, bewegte sich der eine Grasbülten, und es kam daraus eine kleine weiße Gestalt hervor; und als sie näher kam, sah Aschenbrödel, daß es ein niedliches kleines Mädchen war, aber ganz ganz klein. Diese trat auf ihn zu und fragte ihn, ob er nicht die Puppe im Grase besuchen wolle. Ja, das wollte Aschenbrödel gern und ging mit ihr.

Als er hinunterkam, saß die Puppe im Grase auf einem Stuhl und war so schön und so geputzt; sie fragte Aschenbrödel, wo er hin wolle, und in welchem Geschäft er reise.

Er erzählte ihr nun, daß sie ihrer zwölf Brüder wären, und daß der König, ihr Vater, jedem von ihnen ein Pferd und eine Rüstung gegeben und zu ihnen gesagt hätte, sie sollten in die Welt reisen und sich eine Frau suchen, die solle spinnen und weben und ein Hemd in einem Tag fertig nähen können. »Wenn Du nun das kannst und meine Frau werden willst,« sagte Aschenbrödel: »dann will ich nicht weiter reisen.« Ja, das wollte sie gern und machte sich sogleich an die Arbeit, fing an zu spinnen und zu weben und näh'te das Hemd in einem Tag fertig; aber es ward so klein, so klein, nicht länger, als — so lang.

Damit reis'te Aschenbrödel nach Hause. Als er aber das Hemd hervornahm, um es seinem Vater zu zeigen, war er ganz beschämt, weil es so klein war. Der König aber sagte, es machte nichts, er solle das kleine Mädchen heirathen; und darauf reis'te Aschenbrödel froh und vergnügt zurück, um seine kleine Braut abzuholen. Wie er nun bei der Puppe im Grase ankam, wollte er sie zu sich auf sein Pferd nehmen; aber das wollte sie nicht, sondern sagte, sie wolle in einem silbernen Löffel fahren mit zwei kleinen Schimmeln davor. So reis'ten sie nun fort, er auf seinem Pferd, und sie in dem silbernen Löffel; die beiden Schimmel aber, die sie zogen, waren zwei kleine weiße Mäuse. Aschenbrödel hielt sich immer auf der andern Seite des Weges, damit sein Pferd nicht auf seine Braut treten sollte, denn sie war so klein. Als sie eine Strecke Weges gereis't waren, kamen sie zu einem großen Wasser; da ward Aschenbrödels Pferd scheu, sprang hinüber auf die andre Seite des Weges und schlug den Löffel um, so daß die Puppe im Grase ins Wasser fiel. Da ward Aschenbrödel sehr betrübt, und wußte gar nicht, wie er sie erretten sollte. Es dauerte aber nicht lange, so tauchte ein Meermann mit ihr auf, und nun war sie so groß geworden, wie ein andres erwachsenes Frauenzimmer, und noch weit schöner, als zuvor. Da nahm Aschenbrödel sie vor sich auf sein Pferd und ritt mit ihr nach Hause.

Als er dort ankam, waren auch schon seine andern Brüder, jeder mit seiner Braut, eingetroffen; aber die waren so häßlich und so böse, daß sie sich schon unterweges mit ihren Brautmännern gezaus't hatten. Auf dem Kopf trugen sie Hüte, die waren mit Theer und Ruß bestrichen, das war ihnen ins Gesicht herabgetröpfelt, so daß sie davon noch weit häßlicher und abscheulicher waren aussehen worden. Als nun die Brüder dagegen Aschenbrödels Braut erblickten, wurden sie alle neidisch auf ihn. Der König aber freu'te sich so sehr über die beiden, daß er alle die Andern davon jagte. Darauf hielt Aschenbrödel mit der Puppe im Grase Hochzeit und lebte mit ihr vergnügt und zufrieden eine lange lange Zeit; und wenn sie nicht gestorben sind, so leben sie noch.

26.
Das Kätzchen auf Dovre.

Es war einmal ein Mann oben in Finmarken, der hatte einen großen weißen Bären gefangen, den wollte er dem König von Dänemark bringen. Nun traf es sich so, daß er grade am Weihnachts-Abend zum Dovrefjeld kam, und da ging er in ein Haus, wo ein Mann wohnte, der Halvor hieß; den bat er um Nachtquartier für sich und seinen Bären.

»Ach, Gott helf mir!« sagte der Mann: »wie sollt' ich wohl Jemandem Nachtquartier geben können! Jeden Weihnachts-Abend kommen hier so viel Trollen, daß ich mit den Meinigen ausziehen muß und selber nicht einmal ein Dach über dem Kopf habe.« —

»O, Ihr könnt mich deßwegen immer beherbergen,« sagte der Mann; »denn mein Bär kann hier hinter dem Ofen liegen, und ich lege mich in den Bettverschlag.«

Halvor hatte Nichts dagegen, zog aber selbst mit seinen Leuten aus, nachdem er zuvor gehörig für die Trollen hatte zurichten lassen: die Tische waren besetzt mit Reißbrei, Stockfischen, Wurst und Was sonst zu einem herrlichen Gastschmaus gehört.

Bald darauf kamen die Trollen an; einige waren groß, andre klein; einige langgeschwänzt, andre ohne Schwanz; und einige hatten ungeheuer lange Nasen, und alle aßen und tranken und waren guter Dinge. Da erblickte einer von den jungen Trollen den Bären, der unter dem Ofen lag, steckte ein Stückchen Wurst an die Gabel und hielt es dem Bären vor die Nase. »Kätzchen, magst auch Wurst?« sagte er. Da fuhr der Bär auf, fing fürchterlich an zu brummen und jagte sie alle Groß und Klein aus dem Hause.

Das Jahr darauf war Halvor eines Nachmittags so gegen Weihnachten hin im Wald und hau'te Holz für den Heiligen; denn er erwartete wieder die Trollen. Da hörte er es plötzlich im Wald rufen: »Halvor! Halvor!« — »Ja!« sagte Halvor. »Hast Du noch die große Katz?« rief's. »Ja,« sagte Halvor: »jetzt hat sie sieben Jungen bekommen, die sind noch weit größer und böser, als sie.« — »So kommen wir niemals wieder zu Dir!« rief der Troll im

Walde. Und von der Zeit an haben die Trollen nie wieder den Weihnachtsbrei bei Halvor auf Dovre gegessen.

27.
Soria-Moria-Schloß.

Es waren einmal ein Paar Eheleute, die hatten einen Sohn, der hieß Halvor. Von seiner Kindheit an aber wollte der Knabe durchaus Nichts thun, sondern saß immer da und wühlte in der Asche. Die Ältern thaten ihn in die Lehre bei verschiedenen Meistern; aber Halvor hielt es nirgends aus, sondern wenn er ein paar Tage bei einem Meister gewesen war, lief er wieder aus der Lehre, kehrte heim und setzte sich auf den Feuerherd hin und wühlte in der Asche. Da geschah es einmal, daß ein Schiffer zu seinen Ältern kam, der sah Halvor und fragte ihn, ob er nicht Lust hätte, zur See zu fahren und fremde Länder zu sehen. Ja, dazu hatte Halvor große Lust und ging sogleich mit dem Schiffer zur See.

Nun weiß ich nicht recht, wie lange sie schon gesegelt hatten, aber zuletzt erhob sich ein heftiger Sturm, und als der vorüber war, und es wieder ruhig ward, da wußten die Schiffsleute nicht mehr, wo sie sich befanden; sie waren an eine fremde Küste getrieben, die Keiner von ihnen kannte.

Weil nun gar kein Wind weh'te, und sie still liegen bleiben mußten, bat Halvor den Schiffer um Erlaubniß, ans Land zu gehen, um sich dort umzusehen; denn er konnte es nicht aushalten, immer still zu liegen und zu schlafen. »Denkst Du, daß Du Dich vor den Leuten kannst sehen lassen?« sagte der Schiffer: »Du hast ja keine andre Kleider, als die Lumpen, worin Du gehst und stehst.« Halvor aber bat so lange, bis der Schiffer ihm endlich die Erlaubniß gab; nur mußte er ihm versprechen, daß er wieder zurückkehren wollte, wenn es anfing zu wehen. Darauf ging er ans Land. Hier waren überall große schöne Ebenen und Wiesen, aber nirgends war eine Spur von Menschen. Bald darauf fing es an zu wehen; aber Halvor wollte noch gern Mehr von dem Lande sehen und schritt daher weiter fort, in der Hoffnung, daß er auch Menschen dort antreffen würde. Nach einer Weile gelangte er auf einen großen breiten Weg, der war so flach und so eben, daß man ein Ei darauf fortrollen konnte. Halvor verfolgte beständig diesen Weg, bis er endlich gegen Abend ein großes schimmerndes Schloß in der Ferne erblickte. Weil er aber den ganzen Tag gegangen war und keinen Mundvorrath mitgenommen hatte, war er entsetzlich hungrig, und je näher er dem Schloß kam, desto unheimlicher ward ihm zu Muthe.

Als er endlich das Schloß erreicht hatte, trat er hinein und kam zuerst in die Küche, wo ein helles Feuer auf dem Herd brannte. In der Küche war Alles so schön und prachtvoll, wie er es nie zuvor in einer Küche gesehen hatte; da standen Gefäße von Gold und von Silber, aber Leute waren nicht da. Als nun Halvor eine Zeitlang gewartet hatte, und Niemand kam, öffnete er eine Thür und trat in ein großes Zimmer. Dort saß eine Prinzessinn, die spann an einem Rocken. »Wie!« rief sie: »darf denn eine Christenseele hieher kommen? Aber am besten ist es, Du machst nur, daß Du gleich wieder fortkommst, wenn Dich der Troll nicht verschlingen soll; denn hier wohnt ein abscheulicher Troll mit drei Köpfen.« —

»Mir sollt's recht sein, wenn er vier hätte,« sagte der Bursch: »ich habe große Lust, den Kerl zu sehen; aber ich gehe nicht; denn ich habe nichts Böses gethan. Erst aber musst Du mir Etwas zu essen geben; denn ich bin verdammt hungrig.« Als nun Halvor sich satt gegessen hatte, sagte die Prinzessinn zu ihm, er sollte versuchen, ob er das Schwert zu schwingen vermöchte, das an der Wand hing. Aber er konnt' es nicht schwingen, ja er konnt' es nicht einmal aufheben. »So musst Du einen Trunk aus der Flasche thun, die daneben hangt,« sagte die Prinzessinn: »denn das thut der Troll immer, wenn er es gebrauchen will.« Halvor that darauf einen guten Trunk aus der Flasche, und da konnte er das Schwert in der Hand schwingen wie gar Nichts. Nun, meinte er, sollt's für den Trollen früh genug sein, wenn er käme. Es dauerte auch nicht lange, so kam dieser dahergesaus't. Halvor hinter die Thür. »Hutetu! hier riecht's so nach Menschenfleisch!« sagte der Troll, indem er den Kopf zur Thür hereinsteckte. — »Ja, das sollst Du gewahr werden!« sagte Halvor und hieb ihm alle Köpfe auf einmal herunter. Da ward die Prinzessinn so froh, daß sie sang und sprang; aber wie sie nun an ihre Schwestern dachte, sagte sie: »Ach, wären doch meine Schwestern auch erlös't!« — »Wo sind die?« fragte Halvor. Da erzählte sie ihm, daß die eine von einem Trollen auf einem Schloß festgehalten würde, das sechs Meilen von da entfernt wäre, und die andre auf einem Schloß, das noch neun Meilen weiter davon läge.

»Aber jetzt,« sagte sie: »musst Du mir erst helfen, diesen Rumpf hinauszuschaffen.«

Dazu war Halvor sogleich bereit; er warf den Rumpf hinaus und machte Alles rein und sauber drinnen, und darauf lebten sie lustig und vergnügt. Den nächsten Morgen aber machte Halvor sich auf, sobald es dämmerte; er gönnte sich keinen Augenblick Ruhe, sondern ging und lief den ganzen Tag. Als er aber endlich das Schloß vor sich sah, ward ihm doch wieder etwas unheimlich zu Muthe; es war noch weit schöner und prächtiger, als das vorige; aber auch hier war keine Menschenseele zu sehen. Halvor trat zuerst in die Küche und ging von da grade aus ins Zimmer. »Wie? darf denn eine Christenseele hieher kommen?« rief die Prinzessinn: »Ich weiß nicht, wie lange ich nun schon hier bin,« sagte sie: »aber in all der Zeit habe ich noch nie einen Menschen hier gesehen. Es ist aber wohl am besten für Dich, Du siehst zu, daß Du wieder fortkommst; denn es wohnt hier ein Troll, der hat sechs Köpfe.« — »Nein, ich gehe nicht,« sagte Halvor: »und wenn er noch sechs dazu hätte.« — »Er nimmt Dich und frisst Dich lebendig,« sagte die Prinzessinn. Aber es half nichts; Halvor wollte nicht wieder fortgehen, denn er war nicht bange vor dem Trollen; aber zu essen und zu trinken wollte er haben, weil er so entsetzlich hungrig war von der Reise. Ja, das bekam er, so Viel er nur mochte. Darnach aber wollte die Prinzessinn wieder, daß er gehen sollte. »Nein,« sagte Halvor: »ich gehe nicht; denn ich habe nichts Böses gethan und brauche mich nicht zu fürchten.« Als nun Halvor durchaus nicht gehen wollte, sagte die Prinzessinn zu ihm: »Versuche denn, ob Du das Schwert zu schwingen vermagst, das dort an der Wand hangt, und das der Troll immer im Kriege gebraucht.« Halvor konnte aber das Schwert nicht schwingen. Da sagte sie zu ihm, er solle einen Trunk aus der Flasche thun, die daneben hange; und als Halvor das gethan hatte, konnte er das Schwert ohne Mühe schwingen.

Nun dauerte es nicht lange, so kam der Troll an; er war so groß und breit, daß er seitwärts durch die Thür gehen mußte. Als er den ersten Kopf hereinsteckte, rief er: »Hutetu! es riecht hier so nach Menschenfleisch!« In demselben Augenblick aber hieb Halvor ihm den Kopf ab, und darnach alle die andern dazu. Da ward die Prinzessinn über alle Maßen froh. Als sie aber an ihre Schwestern dachte, äußerte sie den Wunsch, daß auch die erlös't sein möchten. Halvor meinte, dazu könne schon Rath werden und wollte sogleich wieder fort; aber erst mußte er der Prinzessinn den Rumpf des Trollen hinausschaffen helfen, und darnach begab er sich früh am andern Morgen auf den Weg. Er hatte aber eine weite Reise zu machen, und er ging und lief abwechselnd, damit er noch zu guter Zeit ankäme. Gegen Abend erblickte er endlich das Schloß, das noch weit schöner und prachtvoller war, als die beiden ersten. Nun fürchtete er sich nicht im geringsten mehr, sondern schritt grade durch die Küche fort ins Zimmer. Hier saß eine Prinzessinn, die war so schön, daß es gar nicht zu beschreiben ist; die sagte nun eben so, wie die andern, daß sie noch keine Menschenseele gesehen hätte, so lange sie bei dem Trollen sei, und bat ihn, nur sogleich wieder zu gehen, denn sonst fräße der Troll, der neun Köpfe hätte, ihn lebendig auf, sagte sie. »Und wenn er noch neun dazu hätte, so gehe ich doch nicht,« sagte Halvor und stellte sich an den Ofen hin. Die Prinzessinn bat ihn so flehentlich, er möchte doch wieder fortgehen, damit der Troll ihn nicht auffresse; aber Halvor sagte: »Mag er nur kommen, wenn es ihm gefällt.« Da gab die Prinzessinn ihm das Trollschwert und ließ ihn einen Trunk aus der Flasche thun, so daß er's schwingen konnte.

Nun dauerte es nicht gar lange, so kam der Troll dahergesaus't, der war aber noch weit größer und breiter, als die beiden andern und mußte ebenfalls seitwärts durch die Thür gehen. Als er den ersten Kopf hereinsteckte, sagte er eben so, wie die andern: »Hutetu! hier riecht's so nach Menschenfleisch!« Im selben Augenblick aber hieb Halvor ihm den Kopf herunter, und nachher auch alle die andern, aber der letzte war der allerzäheste; den abzuhauen war die schwerste Arbeit, die Halvor je verrichtet hatte, obgleich er doch meinte, daß er Kräfte habe.

Als Halvor nun auch den dritten Trollen getödtet hatte, kamen alle Prinzessinnen auf dem Schloß zusammen und waren so heiter und vergnügt, wie sie es noch nie in ihrem Leben gewesen;

alle aber waren sie in Halvor verliebt, und er durfte nur Diejenige von ihnen wählen, die er am liebsten mochte; die jüngste Prinzessinn hielt jedoch am meisten von ihm. Halvor aber stand da ganz still und betrübt. Da fragte die jüngste Prinzessinn ihn, warum er so traurig wäre, und ob es ihm nicht bei ihnen gefiele. Ja, sagte Halvor, es gefiele ihm sehr wohl bei ihnen, denn sie hätten ja Genug zu leben, und er hätte gute Tage; aber er trüge ein so großes Verlangen nach Hause, denn er hätte noch Ältern am Leben, und die möchte er so gern einmal wiedersehen. Die Prinzessinnen meinten, das ließe sich wohl machen und sagten zu ihm: »Du sollst unbeschädigt hin- und zurückkommen, wenn Du nur genau unsern Rath befolgen willst.« Ja, Halvor wollte ihn genau befolgen. Da thaten sie ihm herrliche Kleider an, daß er aussah, wie ein Königssohn, und steckten an seinen Finger einen Ring, der hatte die Eigenschaft, daß er sich damit hin und wieder zurück wünschen konnte. Die Prinzessinnen warnten ihn aber, ja den Ring nicht zu verlieren und nicht ihren Namen zu nennen, denn alsdann wäre es aus mit der ganzen Herrlichkeit, sagten sie, und er würde sie dann nie wiedersehen.

»Wäre ich jetzt zu Hause, wollte ich froh sein!« sagte Halvor; und wie er das gewünscht hatte, ging es sogleich in Erfüllung — Halvor stand plötzlich vor dem Hause seiner Ältern. Es war eben um die Schubstunde, und da seine Ältern einen so vornehmen, stattlichen Herrn eintreten sahen, waren sie ganz erschrocken und bückten und verneigten sich. Halvor fragte, ob er nicht Nachtherberge bei ihnen bekommen könne. Nein, das könne er ganz und gar nicht. »Wir sind nicht so eingerichtet,« sagten sie: »denn wir haben weder das Eine, noch das Andre, womit einem solchen Herrn gedient sein kann,« und riethen ihm, auf's Schloß zu gehen, wovon er da den Schornstein sähe, da hätten sie Alles vollauf, sagten sie. Halvor aber gefiel das gar nicht, er wollte durchaus bei ihnen Herberge haben; aber die Leute blieben dabei, er solle auf's Schloß gehen, da könne er sowohl zu essen, als zu trinken bekommen, während sie nicht einmal einen Stuhl ihm anzubieten hätten. »Nein,« sagte Halvor: »auf's Schloß will ich nicht eher, als morgen früh; lasst mich nur die Nacht bei Euch bleiben, ich kann mich ja auf den Herd hinsetzen.« Dagegen konnten sie denn Nichts einwenden, und Halvor setzte sich nun auf den Herd und fing an, in der Asche zu wühlen, wie er ehemals zu thun pflegte, da er noch zu Hause faulenzte.

Sie sprachen nun von Mancherlei, und Halvor erzählte von Diesem und Jenem, und endlich fragte er sie, ob sie niemals Kinder gehabt hätten. Ja, sagten sie, sie hätten einen Burschen gehabt, der Halvor geheißen, der sei aber fortgewandert, und sie wüßten nicht, ob er noch am Leben sei, oder schon todt wäre. »Könnt' ich es wohl nicht sein?« sagte Halvor. — »Nein, das weiß ich gewiß,« sagte die Frau: »der Halvor war immer so faul und träge, daß er nie das Geringste thun mochte, und dann ging er so lumpig in seinen Kleidern, daß ein Lappen immer auf den andern schlug; aus ihm hätte nie ein solcher Herr werden können, wie Ihr seid.«

Als aber die Frau die Gluth auf dem Herd anschürte, und der helle Schein davon auf Halvor fiel, da erkannte sie ihn wieder.

»Ja, wahrhaftig bist Du es, Halvor!« rief sie, und es kam eine solche Freude über die alten Ältern, daß es gar nicht zu sagen ist; und Halvor mußte ihnen nun erzählen, wie es ihm ergangen war, und seine Mutter wollte durchaus, er solle sogleich auf's Schloß gehen und sich den Dienstdirnen zeigen, die immer so stolz gethan hatten; sie lief selber voraus und erzählte ihnen, daß Halvor zu Hause gekommen sei, und jetzt sollten sie nur sehen, wie stattlich er wäre; er sähe aus wie ein Prinz, sagte sie.

»Das muß wahr sein!« sagten die Dirnen und warfen den Nacken: »er ist wohl derselbe Lump, der er immer gewesen ist.« Im selben Augenblick aber trat Halvor ein, und da erschraken die Dirnen so gewaltig, daß sie ihr Hemd auf dem Herd im Stich ließen, wo sie saßen und sich flöh'ten, und im bloßen Unterrock davon liefen. Als sie zurückkamen, waren sie so beschämt, daß sie es gar nicht wagten, Halvor anzusehen, gegen den sie früher immer so stolz und übermüthig gewesen waren. »Ihr habt Euch nun immer für so fein und so hübsch gehalten,« sagte Halvor: »und glaubt, es gäbe gar nicht mehr Euresgleichen; Ihr solltet aber nur die älteste Prinzessinn sehen, die ich befrei't habe! gegen die seht Ihr aus wie wahre Viehmägde, und die zweite ist noch schöner; aber die jüngste, die meine Braut ist, die ist schöner, als

Sonne und Mond. Ich wollte nur, sie wären hier, so solltet Ihr sehen!« sagte Halvor.

Kaum aber hatte er das gesagt, so standen die Prinzessinnen vor ihm; das betrübte ihn sehr; denn er gedachte nun an die Worte, die sie gesprochen. — Auf dem Schloß wurde ein herrliches Gastmahl für die Prinzessinnen angerichtet und großer Aufwand gemacht. Aber sie blieben da nicht lange. »Wir wollen zu Deinen Ältern gehen,« sagten sie: »und uns ein wenig die Umgegend besehen.« Sie gingen darauf fort und kamen nicht weit vom Schloß zu einem großen Wasser, worin so viele Fische waren, daß es davon wimmelte, die aber niemals gefangen wurden. Dicht beim Wasser war ein schöner grüner Hügel. Da wollten die Prinzessinnen sich niedersetzen und sich ein Weilchen ausruhen; denn die Aussicht über das Wasser gefiel ihnen so schön, sagten sie.

Als sie nun eine Weile da gesessen hatten, sagte die jüngste Prinzessinn: »Komm, Halvor! ich will Dir den Kopf krauen!« Halvor legte seinen Kopf auf ihren Schoß, und es dauerte nicht lange, so schlief er ein. Da zog die Prinzessinn ihm den Ring vom Finger und steckte ihm einen andern daran. Darnach sprach sie: »Haltet Euch nun alle fest an mir!« — und: »Wären wir jetzt auf Soria-Moria-Schloß!«

Als Halvor erwachte und sah, daß die Prinzessinnen verschwunden waren, fing er bitterlich an zu weinen und war so betrübt, daß sie ihn gar nicht wieder beruhigen konnten. Wie sehr auch die Ältern ihn trösteten und ihn baten, bei ihnen zu bleiben, so konnte doch Nichts ihn zurückhalten, sondern er nahm Abschied von ihnen und sagte, er würde sie wohl nie wiedersehen; denn fände er die Prinzessinnen nicht wieder, schiene es ihm nicht werth, länger zu leben, sagte er.

Dreihundert Thaler hatte er noch übrig, die steckte er in die Tasche und begab sich damit auf den Weg. Als er ein Ende gegangen war, begegnete ihm ein Mann mit einem Pferd, das wollte Halvor ihm gern abkaufen und accordirte mit dem Manne. »Es war freilich nicht meine Absicht, es zu verkaufen,« sagte der Mann: »aber wenn wir des Handels einig werden können, mag es drum sein.« Halvor fragte ihn, Was er denn für das Pferd haben wolle. »Viel habe ich nicht dafür gegeben, und Viel ist es auch nicht werth,« sagte der Mann: »es ist aber ein braves Pferd zum Reiten, obwohl es zum Ziehen eigentlich nicht taugt; doch so Viel vermag es immer, daß es Euern Eßranzen trägt und Euch dazu, wenn Ihr mitunter mal wieder ein Ende geht.« Sie wurden nun um den Preis einig, und als Halvor das Pferd bekommen hatte, legte er seinen Ranzen darauf und ging und ritt abwechselnd. Gegen Abend kam er zu einem grünen Hügel, worauf ein großer Baum stand. Da nahm er seinen Eßranzen vom Pferde, ließ diesem die Zügel und legte sich unter dem Baum schlafen. Sobald es Tag wurde, machte er sich wieder auf den Weg; denn er hatte durchaus keine Ruhe. Er ging und ritt den ganzen Tag durch einen großen Wald, worin viele grüne Plätze waren, die herrlich zwischen die Bäume hindurchschimmerten. Halvor wußte nicht mehr, wo er war, und wohin der Weg führte; aber er ließ sich keine Zeit, auszuruhen, außer wenn er dem Pferd Etwas zu essen gab und er selber auf einem der grünen Plätze seinen Ranzen aufschnürte. Er ging und ritt immerfort, und der Wald schien niemals ein Ende nehmen zu wollen.

Aber am andern Morgen, als es dämmerte, sah er, daß es zwischen den Bäumen lichter ward. »Ich wollte, ich käme jetzt zu Leuten, wo ich mich ein wenig wärmen und Etwas zu essen bekommen könnte!« dachte Halvor; und als er noch einige Schritte gegangen war, kam er zu einer armseligen Hütte und sah drinnen durch die Fensterscheiben ein Paar alte Leute; sie waren schon sehr alt und hatten einen ganz grauen Kopf, so grau, wie Tauben, und die Frau hatte eine Nase, die war so lang, daß sie sie statt Feuergabel auf dem Herd gebrauchte. »Guten Abend!« sagte Halvor, als er eintrat. »Guten Abend!« sagte die Frau: »Was führt Euch denn hieher? Über hundert Jahre sind es jetzt, daß keine Menschenseele hier gewesen ist.« Halvor erzählte ihnen, daß er nach Soria-Moria-Schloß wolle, und fragte, ob sie nicht den Weg dahin wüßten. »Nein,« sagte die Frau: »den weiß ich nicht; aber nun kommt gleich der Mond, den will ich fragen; denn der scheint auf Alles und sieht Alles, der mag es wohl wissen.« Als nun der Mond hell und klar über den Bäumen stand, ging die Frau hinaus und rief: »Du Mond, Du Mond! kannst Du mir nicht den Weg nach Soria-Moria-Schloß sagen?« — »Nein,« sagte der Mond: »das kann ich nicht; denn als ich in der Gegend schien, stand eine Wolke davor.« — »Warte nur ein wenig,« sagte die Frau zu Halvor: »nun kommt bald der Westwind, der weiß es gewiß; denn der weh't und bläs't in jeden Winkel.« »Ei! hast Du auch ein Pferd?« rief sie darauf, als sie Halvors Pferd erblickte: »laß doch das arme Thier ein wenig in die Koppel hinaus, und hier nicht bei der Thür stehen und hungern!« »Aber willst Du es mir nicht vertauschen?« sagte sie: »Ich habe hier ein Paar alte Stiefeln stehen, womit Du sieben Meilen in einem Schritt machen kannst; die will ich Dir für Dein Pferd geben; dann kannst Du um so viel eher nach Soria-Moria-Schloß kommen.« Das war Halvor schon recht, und die Alte freu'te sich so sehr über das Pferd, daß sie tanzte und sprang. »Nun kann ich doch, wenn ich will, zur Kirche reiten!« sagte sie. Halvor, der keine Ruhe hatte, wollte sogleich mit den Stiefeln fort; aber die Alte sagte: »Es hat nicht so große Eile; lege Dich nur erst ein wenig auf die Bank hin und schlafe, denn ein Bett habe ich Dir nicht anzubieten; indeß will ich aufpassen, wenn der Westwind kommt.«

Als nun Halvor ein wenig geschlafen hatte, kam der Westwind dahergesaus't, daß die alte Hütte krachte. Die Alte hinaus: »Du Westwind! Du Westwind!« rief sie: »weißt Du nicht den Weg nach Soria-Moria-Schloß? Hier ist Einer, der will gern hin.« — »Ja, den weiß ich sehr gut,« sagte der Westwind: »ich soll eben jetzt dahin und die Kleider zur Hochzeit trocknen. Ist er rasch zu Fuß, so kann er mit mir reisen.« Halvor hinaus. »Du musst schnell sein, wenn Du mit willst,« sagte der Westwind, und fort ging's über Rusch und Busch, über Hügel und Thal, so daß Halvor Genug zu thun hatte, um Schritt zu halten. Endlich sagte der Westwind: »Jetzt kann ich nicht weiter mit Dir reisen; denn ich muß dort noch erst ein Stück Tannenwald umreißen, eh' ich zur Bleiche komme und die Kleider trockne; wenn Du aber längs der Bergseite fortgehst, so kommst Du zu einigen Dirnen, die dort stehen und Zeug waschen, und von da ist es nicht mehr weit nach Soria-Moria-Schloß.«

Um eine Weile kam Halvor zu den Dirnen, die da stunden und wuschen; sie fragten ihn, ob er nicht den Westwind gesehen hätte, der sollte kommen und das Zeug zur Hochzeit trocknen. »Ja,« sagte Halvor: »er ist nur hin und reißt ein Stück Tannenwald um; es wird aber nicht lange dauern, so ist er da,« und nun befragte er sie um den Weg nach Soria-Moria-Schloß. Sie zeigten ihn darauf zurecht, und als er ans Schloß kam, war es da so voll von Menschen und Pferden, daß es wimmelte. Halvor aber war so zerlumpt und zerrissen, weil er dem Westwind über Rusch und Busch und Stock und Stein gefolgt war, daß er sich gar nicht sehen lassen mochte, sondern sich abseits hielt; erst den letzten Tag trat er hervor, da eben die Gäste sich zur Tafel setzten. Als sie nun, wie es Sitte und Gebrauch ist, die Gesundheit des Bräutigams und der Braut tranken und ihnen Glück wünschten, und der Mundschenk Allen, sowohl Rittern, als Knappen, zutrank, da kam der Becher auch zu Halvor. Er brachte nun ebenfalls die Gesundheit des Brautpaars aus, darnach ließ er den Ring, den die Prinzessinn ihm an den Finger gesteckt hatte, als er an dem Wasser eingeschlafen war, in den Becher fallen und sagte zu dem Mundschenken, er solle die Braut von ihm grüßen und ihr den Becher reichen. Wie nun die Prinzessinn ihren Ring erblickte, stand sie sogleich vom Tische auf und sprach: »Wer hat es wohl am ersten verdient, Eine von uns zur Gemahlinn zu haben. Der, welcher uns befrei't hat, oder Der, welcher hier als Bräutigam sitzt?« Natürlich der Erste, sagten Alle, darüber könnten durchaus nicht zwei Meinungen sein. Und als Halvor das hörte, säumte er nicht, seine Lumpen abzuwerfen und sich als Bräutigam zu schmücken. »Ja, Das ist der Rechte!« rief die Prinzessinn, als sie ihn erblickte, ließ den Andern mit einer langen Nase abziehen und hielt Hochzeit mit Halvor.

28.
Der Herr Peter.

Es waren einmal ein Paar arme Eheleute, die hatten drei Söhne. Wie die beiden ältesten hießen, weiß ich nicht; aber der jüngste hieß Peter. Als die Ältern gestorben waren, und die Kinder sich in die Erbschaft theilen wollten, war Nichts da, als ein Grapen, eine Brodplatte und eine Katze. Der älteste, welcher das Beste haben sollte, nahm den Grapen. »Wenn ich den ausleihe, bleibt doch immer Etwas für mich auszuschrapen drin,« sagte er. Der zweite nahm die Brodplatte: »Wenn ich die ausleihe, bleibt doch immer Etwas für mich abzukratzen dran,« sagte er. Für den jüngsten blieb nichts Anders übrig, als die Katze. »Wenn ich die ausleihe, bekomm' ich Nichts dafür,« sagte er: »giebt man ihr auch ein wenig Milch, so schleckt sie sie selbst.« Gleichwohl nahm er doch die Katze; denn es jammerte ihn, sie umkommen zu lassen.

Hierauf wanderten die Brüder fort in die Welt, um ihr Glück zu versuchen, und jeder zog seine Straße. Als der jüngste eine Weile fortgegangen war, sagte die Katze: »Es soll Dir nicht leid sein, daß Du mich nicht in der alten Hütte hast umkommen lassen, sondern mich mit Dir genommen. Ich werde in den Wald gehen und allerlei Gethier greifen, das sollst Du zu dem König auf das Schloß tragen, das Du dort siehst, und sagen, Du brächtest ihm ein kleines Geschenk. Wenn er Dich dann fragt, von Wem das ist, sollst Du sagen: 'Das ist von dem Herrn Peter.'« Hierauf lief die Katze in den Wald, und kam bald mit einem lebendigen Rennthier zurück; dem war sie auf den Kopf gesprungen, hatte sich zwischen die Hörner gesetzt und gesagt: »Gehst Du nicht gradesweges zu des Königs Schloß, so kratze ich Dir die Augen aus,« darum wagte das Rennthier auch nicht, anders zu thun, als die Katze ihm gesagt hatte. Wie Halvor nun zum Schloß kam, ging er mit seinem Thier in die Küche und sagte: »Ich komme, um dem König ein kleines Geschenk zu überbringen, wenn er es nicht verschmähen wollte.« Als man dem König das anmeldete, kam er sogleich in die Küche, und wie er das große schöne Rennthier erblickte, war er darüber außerordentlich erfreu't. »Mein lieber Freund,« sagte er zu Halvor: »Wer ist es, der mir ein so schönes Geschenk sendet?« — »O, das ist der Herr Peter,« sagte der Bursch. »Der Herr Peter?« sagte der König: »wo wohnt er doch noch, dieser Herr Peter?« denn es däuchte ihm eine Schande, daß er einen solchen Mann nicht kennen sollte. Aber der Bursch wollt' es ihm nicht sagen; er dürfe es nicht wegen seines Herrn, sagte er. Darauf gab der König ihm ein gutes Trinkgeld und bat ihn, seinen Herrn von ihm zu grüßen, und er ließe sich auch vielmal bedanken.

Den andern Tag lief die Katze wieder in den Wald, sprang einem Hirsch auf den Kopf, setzte sich ihm zwischen die Augen und nöthigte ihn ebenfalls durch Drohungen, nach des Königs Schloß zu gehen. Als Peter in die Küche eintrat, sagte er wieder, er käme, um dem König ein kleines Geschenk zu überbringen, wenn er es nicht verschmähen wolle. Der König freu'te sich über den Hirsch noch mehr, als über das Rennthier, und fragte, Wer es denn wäre, der ihm ein so schönes Geschenk sende. »Das ist der Herr Peter,« sagte der Bursch. Als aber der König wissen wollte, wo der Herr Peter wohne, bekam er wieder dieselbe Antwort, wie den vorigen Tag, und diesmal gab er Petern ein noch größeres Trinkgeld.

Den dritten Tag kam die Katze mit einem Elenthier an. Als Peter in die Küche auf dem Schloß trat und sagte, er brächte dem König ein kleines Geschenk, ward es dem König sogleich angesagt. Wie dieser nun herauskam und das große schöne Elenthier erblickte, war er darüber so voller Freude, daß er nicht wußte, »auf welchem Bein er stehen wollte,« und das Mal gab er Petern ein noch weit größeres Trinkgeld, es waren gewiß hundert Thaler. Nun wollte aber der König durchaus wissen, wo der Herr Peter wohnte, und forschte und fragte auf alle mögliche Weise; aber Peter sagte, er dürfe es nicht sagen von wegen seines Herrn, denn der hätte es ihm so strenge verboten. »So sage denn dem Herrn Peter, ich ließe ihn bitten, mich zu besuchen,« sagte der König. Ja, sagte der Bursch, er wollt's wohl bestellen. Als Peter darauf zu der Katze kam, sagte er: »Na, Du hast mich in eine schöne Patsche gebracht! Nun will der König, ich soll ihn besuchen, und ich habe ja nichts Anders auf den Leib zu ziehen, als die Lumpen, worin ich gehe und stehe.« — »O, sei deßwegen nicht bekümmert!« sagte die Katze: »um drei Tage sollst Du Pferde und Wagen und so schöne Kleider bekommen, daß das Gold heruntertröpfelt; dann kannst Du den König besuchen. Aber Was Du auch beim König siehst, so musst Du immer sagen, Du hättest es noch weit schöner und prächtiger zu Hause; das musst Du nicht vergessen.« Nein, Peter wollt's nicht vergessen. — Als nun die drei Tage um waren, kam die Katze mit Wagen und Pferden und Kleidern und Allem, was Peter gebrauchte. Das Alles aber war so prächtig, wie Niemand Dergleichen noch gesehen hatte. Nun fuhr Peter nach dem Schloß, und die Katze lief hinterher. Der König empfing den Burschen sehr freundlich; aber Was er ihm auch zeigen und anbieten mochte, so sagte Peter immer, ja, das wäre Alles recht gut, aber er hätt's doch noch weit schöner und prächtiger zu Hause. Das wollte nun dem König gar nicht anstehen, aber Peter blieb immer beim Alten. Zuletzt ward der König so verdrießlich, daß er sich nicht länger halten konnte. »Nun will ich mit Dir reisen,« sagte er: »und sehen, ob es wahr ist, daß Du Alles so viel besser und schöner hast, als ich. Aber Gnade Dir Gott, wenn Du lügst! Ich sage nicht mehr.« — »Ja, nun hast Du mich schön in die Tinte gebracht!« sagte Peter zu der Katze: »nun will der König mit mir reisen nach meinem Hause, aber das ist wohl nicht gut zu finden.« — »Laß Dich das nicht kümmern!« sagte die Katze: »ich werde voranlaufen, und folge Du mir dann nur immer nach.« Darauf reis'ten sie fort: die Katze voran, darnach Peter, welcher hinter ihr her fuhr, und dann der König mit seinem ganzen Hofstaat.

Als sie nun ein gutes Ende gefahren waren, kamen sie zu einer großen Heerde Schafe, die hatte Wolle, so lang, daß sie an der Erde schleppte. »Willst Du sagen, daß diese Schafheerde dem Herrn Peter gehört, so gebe ich Dir diesen silbernen Löffel,« sagte die Katze zum Hirten — den Löffel aber hatte sie mit aus dem Königsschloß genommen —. Ja, das wollte der Hirte wohl sagen. Als nun der König gefahren kam, rief er: »Ei! ei! hab' ich doch nie eine so große schöne Schafheerde gesehen! Wem gehört die, mein kleiner Bursch?« — »Die gehört dem Herrn Peter,« sagte der Bursch.

Nach einer Weile kamen sie zu einer schönen großen Heerde

scheckiger Kühe, die waren so fett, daß sie glänzten. »Willst Du sagen, daß diese Heerde dem Herrn Peter gehört, wenn der König Dich fragt, so gebe ich Dir diesen silbernen Handzuber,« sagte die Katze zu der Dirn, die das Vieh trieb — den Zuber aber hatte sie auch aus dem Schloß mitgenommen —. »Ja, recht gern!« sagte die Dirn. Als nun der König gefahren kam, wunderte er sich sehr über die große schöne Heerde; eine so schöne Viehheerde, meinte er, hätte er noch nie gesehen; und als er die Dirn fragte, Wem das Vieh gehöre, sagte sie: »O, das gehört alles dem Herrn Peter.«

Ein Ende weiter hin trafen sie eine große schöne Koppel Pferde an, es waren die schönsten Pferde, die man sehen konnte; alle waren sie groß und fett, und von jeder Farbe waren sechs: rothe, fahle und blaue. »Willst Du sagen, daß diese Pferdetrift dem Herrn Peter gehört, wenn der König Dich fragt, so geb' ich Dir diesen silbernen Abguß,« sagte die Katze zum Hirten — den Abguß hatte sie auch aus dem Schloß mitgenommen —. Ja, der Bursch wollt's wohl sagen. Als nun der König ankam, war er ganz verwundert über die große schöne Pferdetrift; denn solche Pferde hätte er noch nie gesehen, sagte er, und als er den Burschen fragte, Wem alle die rothen und fahlen und blauen Pferde gehörten, sagte der: »Die gehören alle dem Herrn Peter.«

Als sie nun ein gutes Ende weiter gereis't waren, kamen sie zu einem Schloß. Die erste Pforte war von Messing, die zweite von Silber, und die dritte von Gold. Das Schloß selbst war von Silber und so blank, daß es Einem in den Augen weh that, wenn man es ansah; denn es schien grade die Sonne darauf, wie sie ankamen. Die Katze hatte die Gelegenheit ersehen, dem Burschen unbemerkt ins Ohr zu flüstern, er solle sagen, das wäre sein Schloß. Drinnen im Schloß aber war's noch viel prächtiger, als außen: Alles war hier von Gold, sowohl die Stühle, als die Tische und die Bänke. Als nun der König rings umhergegangen war und Alles genau betrachtet hatte, von unten und von oben, da ward er ganz beschämt. »Ja, der Herr Peter hat Alles weit prächtiger, als ich,« sagte er: »es hilft nicht, daß man es leugnet,« und damit wollte er wieder fortreisen. Aber Peter bat ihn, er möchte doch bleiben und bei ihm zu Abend essen. Na, das that denn der König auch; aber sauer sah er die ganze Zeit. — Während sie nun bei Tische saßen, kam der Troll gegangen, dem das Schloß gehörte, und klopfte an die Pforte. »Wer ist es, der mein Essen verzehrt und meinen Meth trinkt, als wären Schweine drinnen?« rief er. Als die Katze das hörte, lief sie sogleich hinaus, trat an die Pforte und sprach: »Wart einmal! ich will Dir erzählen, wie der Bauer es mit dem Winterkorn macht,« und darauf erzählte sie dem Trollen sehr weitläufig vom Winterkorn: wie zuerst der Bauer seinen Acker pflüge, darnach ihn dünge, und dann wieder pflüge u. s. w., bis plötzlich die Sonne aufging[7]. »Sieh Dich mal um, dann wirst Du hinter Dir die schöne herrliche Jungfrau erblicken!« sagte die Katze zum Trollen. Da sah dieser sich um, erblickte die Sonne und barst mitten von einander[8].

»Nun gehört Alles Dir,« sagte darauf die Katze zu Petern: »Jetzt aber sollst Du mir den Kopf abschlagen, das ist der einzige Lohn, den ich für die Dienste verlange, die ich Dir gethan habe.« Das wollte aber Peter durchaus nicht. »Wenn Du es nicht thust,« sagte die Katze: »so kratze ich Dir die Augen aus.« Da konnte Peter nicht anders, sondern mußte thun, wie die Katze wollte, so sauer es ihm auch ankam: mit einem Streich hatte er ihr den Kopf vom Rumpf abgehau't. Da stand aber plötzlich vor ihm die schönste Prinzessinn, die man je gesehen hat, und Peter wurde augenblicklich ganz in sie verliebt. »Alle diese Herrlichkeit gehörte früher mir,« sagte die Prinzessinn: »aber der Troll hatte mich verzaubert, so daß ich als Katze in dem Hause Deiner Ältern sein mußte. Nun kannst Du thun, Was Du willst, mich zu Deiner Gemahlinn nehmen, oder nicht; denn nun bist Du König über das ganze Reich.« — Der nicht nein sagte, das war Peter, und es ward eine Hochzeit gehalten und ein Gastmahl, das dauerte ganze acht Tage lang. Nun war ich aber nicht länger bei dem Herrn Peter und der jungen Königinn.

29.
Aase,[9] das kleine Gänsemädchen.

Es war einmal ein König, der hatte so viele Gänse, daß er eigens eine Dirn halten mußte, sie zu hüten; diese Dirn hieß Aase, und darum nannten die Leute sie Aase, das Gänsemädchen. Nun traf es sich, daß der Königssohn von England aufs Freien ausreiste, dem setzte Aase sich in den Weg. »Was sitzest Du da, Du kleine Aase?« sagte der Königssohn. »Ich sitze hier und flicke das Zeug und setze Lappen auf Lappen,« sagte Aase: »denn ich warte auf den Königssohn von England.« — »Den kannst Du nicht bekommen,« sagte der Prinz. »Wenn ich ihn haben soll, dann werd' ich ihn wohl kriegen,« sagte die kleine Aase. — Es wurden nun Maler ausgesandt nach allen Ländern und Reichen, die sollten die schönsten Prinzessinnen abmalen, und dann wollte der Königssohn sich eine zur Gemahlinn aussuchen. Eine von ihnen gefiel ihm auch so gut, daß er sogleich zu ihr reis'te und um sie frei'te; sie sagte auch Ja und ward seine Braut, und darüber war der Prinz außerordentlich vergnügt. Nun hatte aber der Prinz einen Stein, und wenn er den vor sein Bett hinlegte, sagte der ihm Alles, worüber er ihn befragte. Als daher die Prinzessinn angereis't kam, sagte Aase, das Gänsemädchen, zu ihr, wenn sie schon früher einen Liebsten gehabt hätte, oder sich wegen einer gewissen Sache, wovon der Prinz Nichts wissen solle, etwa nicht frei fühle, so müsse sie sich in Acht nehmen, daß sie nicht über den Stein trete, den der Prinz vor sein Bett hingelegt hätte, denn der sage ihm Alles. Als die Prinzessinn das hörte, ward sie sehr angst und bat die kleine Aase, daß sie sich am Abend an ihrer Stelle zu dem Prinzen ins Bett legen möchte, und wenn er dann eingeschlafen sei, wollten sie wieder umtauschen, so daß er am Morgen, wenn es hell würde, die Rechte bei sich hätte. Das thaten sie denn auch. Als Aase, das Gänsemädchen, über den Stein trat, fragte der Prinz: »Wer ist es, der in mein Bett steigt?« — »Reine und keusche Jungfrau,« sagte der Stein, und darauf legten sie sich schlafen. In der Nacht aber kam die Prinzessinn und legte sich an Aase's Stelle. Als sie aber am andern Morgen aufstanden, fragte der Prinz den Stein wieder: »Wer ist es, der aus meinem Bett steigt?« — »Eine, die schon drei Kinder gehabt hat,« sagte der Stein. Wie der Prinz das hörte, wollte er sie nicht haben, sondern schickte sie wieder nach Hause und nahm sich eine andre Braut.

Als er nun die neue Braut besuchen wollte, hatte Aase, das kleine Gänsemädchen, sich wieder vor ihm in den Weg hingesetzt. »Was sitzest Du hier, Du kleine Aase?« sagte der Prinz. »Ich sitze hier und flicke das Zeug und setze Lappen auf Lappen, denn ich warte auf den Königssohn von England,« sagte Aase. »Den kannst Du nicht bekommen,« sagte der Königssohn. »Wenn ich ihn haben soll, dann werd' ich ihn wohl kriegen,« sagte Aase.

Mit dieser Prinzessinn ging es nun eben so, wie mit der vorigen, nur mit dem Unterschied, daß der Stein, als sie am Morgen aufstand, sagte, sie hätte schon sechs Kinder gehabt. Nun wollte der Prinz auch sie nicht haben, sondern jagte sie wieder aus dem Hause; aber einmal, meinte er, wollt' er's noch versuchen, ob er nicht Eine finden könne, die noch eine reine und keusche Jungfrau sei. Er reis'te nun weit umher durch viele Länder, bis er endlich Eine fand, die er leiden mochte. Als er sie darauf einmal besuchte, hatte Aase, das Gänsemädchen, sich wieder in den Weg hingesetzt. »Was sitzest Du hier, Du kleine Aase?« fragte der Prinz. »Ich sitze hier und flicke das Zeug und setze Lappen auf Lappen, denn ich warte auf den Königssohn von England,« sagte Aase. »Den kannst Du nicht bekommen,« sagte der Prinz. »Wenn ich ihn haben soll, dann werd' ich ihn wohl kriegen,« versetzte die kleine Aase.

Als die Prinzessinn ankam, sagte Aase, das Gänsemädchen, zu ihr eben so, wie zu den beiden ersten, wenn sie schon einen Liebsten gehabt hätte, oder sonst Etwas im Wege wäre, das der Prinz nicht wissen solle, so müsse sie nicht über den Stein treten, den der Prinz vor sein Bett hingelegt hätte, denn der sage ihm Alles. Wie die Prinzessinn das hörte, ward sie sehr ängstlich; aber sie war eben so verschlagen, wie die beiden andern, und bat Aase, daß sie sich am Abend an ihrer Stelle zu dem Prinzen ins Bett legen möchte, und wenn er eingeschlafen sei, wollten sie wieder umtauschen, so daß er am Morgen, wenn's hell würde, die Rechte bei sich hätte. Das thaten sie denn auch. Als Aase, das Gänsemädchen, über den Stein trat, fragte der Prinz wieder: »Wer ist es, der in mein Bett steigt?« — »Reine und keusche Jungfrau,« sagte der Stein, und darauf legten sie sich schlafen. In der Nacht aber steckte der Prinz einen Ring an Aase's Finger, der war aber so drange, daß sie ihn nicht wieder abkriegen konnte; denn der Prinz hatte nachgerade wohl gemerkt, daß es nicht ganz richtig zuging, und darum wollt' er ein Zeichen haben, woran er die Rechte wieder erkennen könnte. Als der Prinz eingeschlafen war, kam die Prinzessinn und jagte Aase in den Gänsestall und legte sich selbst an ihre Stelle ins Bett. Wie sie nun am Morgen aufstanden, und der Prinz fragte: »Wer ist es, der aus meinem Bett steigt?« sagte der Stein wieder: »Eine, die schon drei Kinder gehabt hat;« und als der Prinz das hörte, ward er so böse, daß er sie augenblicklich aus dem Hause jagte. Darauf fragte er den Stein, wie es denn mit diesen drei Prinzessinnen zusammenhinge, die über ihn gestiegen wären. Da erzählte ihm der Stein, wie die Sache sich verhielt, und daß die Prinzessinnen ihn betrogen und Aase, das kleine Gänsemädchen, an ihre Stelle gelegt hätten. Das wollte der Prinz erst nicht glauben und ging daher aufs Feld, wo Aase saß und die Gänse hütete; denn er wollte sehen, ob sie wohl den Ring hätte. »Hat sie den, so ist es wohl am besten, daß ich sie zur Gemahlinn nehme,« dachte er. Als er nun zu ihr auf's Feld kam, sah er, daß sie einen Lappen um ihren Finger gebunden hatte. Er fragte sie, warum sie das gethan hätte. »Ach,« sagte sie: »ich habe mich so arg geschnitten.« Der Prinz wollte nun durchaus den Finger sehen; aber Aase wollte den Lappen nicht abnehmen. Da ergriff er ihren Finger und hielt ihn fest, und wie Aase ihn zurückziehen wollte, ging der Lappen ab, und nun erkannte der Prinz sogleich seinen Ring. Da nahm er sie mit sich auf's Schloß und gab ihr viele schöne Kleider und herrlichen Schmuck; und darauf hielten sie Hochzeit. So bekam nun Aase, das kleine Gänsemädchen, den Königssohn von England, bloß weil es so bestimmt war, daß sie ihn haben sollte.

30.
Der Bursch und der Teufel.

Es war einmal ein Bursch, der ging auf einem Wege und knackte Nüsse; da fand er eine, die war wurmstichig, und im selben Augenblick begegnete ihm der Teufel. »Ist es wahr,« sagte der Bursch: »was man sagt, daß der Teufel sich so klein machen kann, als er will, und sich durch ein Nadelöhr zwängen?« — »Ja,« antwortete der Teufel. »Oh! laß mich einmal sehen und kriech in diese Nuß!« sagte der Bursch wieder; und das that der Teufel. Als er durch das Loch gekrochen war, schlug der Bursch einen Pflock hinein. »Nun hab' ich Dich!« sagte er und steckte die Nuß in die Tasche. Wie er nun ein Ende gegangen war, kam er zu einer Schmiede, da ging er hinein und bat den Schmied, er möchte ihm doch die Nuß entzwei schlagen. »Ja, das soll leicht gethan sein,« antwortete der Schmied und nahm seinen kleinsten Hammer, legte die Nuß auf den Amboß und schlug zu; aber sie wollte nicht entzwei. Da nahm er einen etwas größeren Hammer, aber der war auch noch nicht schwer genug; er nahm nun einen noch größeren, aber der that's auch noch nicht. Da wurde der Schmied verdrießlich und nahm den großen Hammer: »Ich werde dich gleichwohl entzwei kriegen,« sagte er und schlug zu, all was er konnte. Da zerplatzte die Nuß, daß das ganze Schmiededach abflog, und es krachte, als ob die Hütte umstürzen wollte. »Ich glaube, der Teufel war in der Nuß!« sagte der Schmied. »Ja, er war drin,« sagte der Bursch.

FUSSNOTEN

1: Ein auf Stollen oder Pfosten über der Erde aufgeführtes Gebäude, das als Speisegewölbe oder Vorrathskammer dient. Anm. d. Übers.

2: Siehe Fussnote 1.

3: Im Norwegischen ist das Wortspiel: Ringerige und Himmerige. Ringerige heißt übrigens eine alte Provinz in Norwegen.

4: d. i. Holzrock.

5: Bei diesem Mährchen kommt Alles auf die Betonung an, indem man nämlich die Stimme des Hahns und der Henne nachzuahmen sucht. Anm. d. Verf.

6: Lille bedeutet: klein; kort: kurz.

7: Bekanntlich sind in Norwegen die Nächte um die Mitte des Sommers nur sehr kurz, so daß die Sonne fast beständig am Himmel steht. Anm. d. Übers.

8: In der nordischen Mythologie heißt es sonst von den Schwarzelfen, daß sie in Stein verwandelt werden, sobald die Sonne sie bescheint. Anm. d. Übers.

9: Sprich: Oße.

Die von P. Asbjörnsen und Jörgen Moe gesammelten norwegischen Volksmährchen, welche hier dem Publicum in zwei Bänden vorliegen, erschienen in der Originalsprache in einzeln Heften, wovon das 4te (das letzte bis jetzt erschienene Heft) als »des zweiten Bandes erstes Heft« bezeichnet ist; die Sammlung ist also noch nicht als abgeschlossen anzusehen, ungeachtet seit dem Erscheinen des letzten Heftes bereits drei Jahre verflossen sind, wogegen die drei ersten Hefte im Verlauf eines einzigen Jahrs erschienen. Möge es den geehrten Herausgebern dieser Mährchen nicht an Aufmunterung fehlen, ihre schätzenswerthe Sammlung fortzusetzen, in der das nordische Element so frisch und kräftig bewahrt, und der Volkston so gut gehalten ist, so daß diese Sammlung sich, nach dem Urtheile gründlicher Kritiker, als eine der würdigsten an die der Brüder Grimm anschließt.

Daß alle diese Mährchen aus dem Munde des norwegischen Volkes selbst gesammelt, und nicht etwa neuere Dichtungen sind, bemerkt ausdrücklich einer der Herausgeber, der Herr P. Asbjörnsen, in der Einleitung zu seinen »Huldre-Eventyr,« eine Sammlung norwegischer Volksmährchen, worin die neckischen Huldregeister, wie in den vorliegenden die ungeschlachten Trollen, die wichtigste Rolle spielen, welche Mährchen jedoch im Ganzen mehr den Charakter örtlicher Sagen an sich tragen. Sobald diese Sammlung zu einem Bändchen herangewachsen ist, werden wir nicht unterlassen, auch diese dem deutschen Publicum mitzutheilen.

Was die Übersetzung der vorliegenden Mährchen betrifft, so habe ich mich, so weit es der Genius der Sprache nur erlaubte, genau an den Originaltext gehalten. Einzelne unbedeutende Abänderungen wurden jedoch nothwendig, wenn ich nicht zu schleppenden und allzu ermüdenden Umschreibungen meine Zuflucht nehmen wollte. So ist z. B. in dem Mährchen: »Der Gertrudsvogel« der Ausdruck Levse auf deutsch bloß durch Brod wiedergegeben, obgleich das nordische Levse sonst eine Art weiches mit einem runden Holze flach gerolltes Gebäck bezeichnet. — Die sehr oft vorkommende Redensart bei den Trollen: »Her lugter saa christen Mands Been« habe ich durch die in deutschen Mährchen sehr übliche Redensart im Munde der Riesen: »Es riecht hier so nach Menschenfleisch« wiedergegeben; vielleicht wäre es jedoch in diesem Falle richtiger gewesen, dem nordischen Charakter getreu, zu sagen: »Es riecht hier so nach Christenfleisch,« weil eben dadurch der unversöhnliche Haß der Trollen gegen das Christenthum sich ausspricht, obwohl sie überdies auch oft als Menschenfresser erscheinen. Diese Bemerkung drängte sich mir jedoch erst auf, nachdem meine Übersetzung schon gedruckt war, und es bleibt mir daher nur übrig, falls ich hiedurch einen wirklichen Fehler begangen haben sollte, um gütige Nachsicht zu bitten. — Einzelne nordische Ausdrücke, die sich durchaus nicht übersetzen ließen, wenn nicht das nordische Element gänzlich verwischt werden sollte, habe ich unverändert beibehalten und in einer unten beigefügten Note die Erklärung davon gegeben.

Schließlich noch meinen innigsten Dank den in Kopenhagen lebenden Normännern, welche mir über die so häufig in dem Originaltexte vorkommenden norwegischen Provinzialismen die nöthige Aufklärung gegeben haben. Den größten Theil dieser Provinzialismen habe ich durch deutsche Provinzialismen wiederzugeben gesucht, weil eben dadurch das Naive in der Volkserzählung so charakteristisch hervortritt.

F. Bresemann.

Berlin im October. 1846.